転生先で捨てられたので、
もふもふ達とお料理します
～お飾り王妃はマイペースに最強です～
3
桜井悠
illust. 凪かすみ

レレナ
クロナの妹で、
レティーシアの
侍女見習い
ルシアン
レティーシアに
忠誠を誓う
使用人

ぴよちゃん
レティーシアの
魔力が大好きな、
くるみ鳥という
種類の幻獣
リディウス
魔術オタクで
マイペースな
宮廷魔術師
レティーシア・
グラムウェル
料理好きのOLだった
前世を持つ
公爵令嬢
レナード
女好きの
吟遊詩人

「……陛下？」
花びらへと伸ばした
私の手が、
陛下に強く握られていた。
グレンリード・ディ・
ヴォルフヴァルト
銀狼王の異名を持つ
ヴォルフヴァルト王国の
国王

転生先で捨てられたので、もふもふ達とお料理します

～お飾り王妃はマイペースに最強です～ 3

桜井悠
illust. 凪かすみ

Contents

一章　黒猫の妹と川魚のトマト煮込み

その日も私は離宮の庭で、狼《おおかみ》のジェナを撫《な》でながら考え事をしていた。

季節は夏の初め。

冬の終わりに前世の記憶を思い出してから、数か月が経《た》ったところだ。

――私、レティーシアは、日本人だった前世を持つ転生者だ。

王太子から婚約破棄を突き付けられ、その衝撃のせいなのか、前世の記憶を取り戻している。

婚約破棄の結果、十七歳で、生まれ育った故郷・エルトリア王国を出た私は、銀狼王《ぎんろうおう》・グレンリード陛下のお飾りの王妃の座に収まったのだ。

「ヴォルフヴァルト王国に……この国に来てから、色々とあったわね」

爽やかな初夏の陽光に、私は目を細めた。

グレンリード陛下に離宮を与えられ、のんびりと料理をする生活が始まって。

狼達とぐー様に出会い、庭師猫のいっちゃんと苺《いちご》を収穫し味わい。

シフォンケーキの盗作騒動を解決し、次期王妃候補の一人、ナタリー様の意外な素顔を知って。

そしてつい先日私は、こちらも次期王妃候補である、山猫族のケイト様と関わることになった。

ケイト様の異母妹の悪だくみを防ぐため、塩釜焼きと塩のシャンデリアを作ったのだ。

「おかげで、ケイト様とも仲良くなれたのだけど……」

今私は、そのケイト様からの頼みごとについて、考え込んでいるところだ。

「ナタリー様と一緒にお茶会をしたい、かぁ……」

ケイト様はナタリー様の人柄を知り、仲を深めていきたいらしい。

私もぜひ、ケイト様の行動を応援したいのだが、やり方を考えなくてはならない。

山猫族であるケイト様はどうしても、人間に対し壁があった。

種族の違いは大きく、更に個人の相性も考える必要がある。

明るくはきはきとしゃべる、感情豊かなケイト様。

控えめで思慮深い、内気な性格のナタリー様。

表面上の性格は真逆で、相性は未知数だった。

「こじれたら大変よね……」

うーむ、と首を捻《ひね》った。

ケイト様はやる気いっぱいだが、その勢いにナタリー様が気圧《けお》されて、空回りになってしまうかもしれない。

ケイト様は十八歳、ナタリー様は十六歳だ。

年齢は近く、共にこの国を代表する名門公爵家出身のご令嬢。

似た立場の二人だからこそ、互いに通じるものはありそうだけど、反面上手《うま》くいかなかった時がやっかいだ。

「だからといって、私が強引に仲を取り持つわけにもいかないし……」

どうしよう?

わしゃわしゃと、ジェナの毛並みを撫でまわしながら考える。

「わふぅ?」

ジェナも首を傾《かし》げる。

ぱちくりと瞬《また》たく、琥珀《こはく》色の瞳が愛らしい。

「何かきっかけがあればいいのかしら……?」

きっかけ、仲良くなる機会。

会話が弾んで、お互いのことをよく知ることができて……。

「……そうだ。だったら——わっ!?」

ぺろぺろ、と。

ジェナの温かい舌が、手の甲をなめまわしくすぐったい。

これはジェナの催促だ。

先ほどからずっと、私はジェナの背中を撫でまわしていた。

そろそろ、別の場所も撫でてもらいたいようだ。

「よしよし、今そっちも撫でるわね?」

胴体の横に手を当てると、ジェナがごろりと横になる。

こちらを見上げる瞳は、「なでなでしてー」と、期待を込めて光っていた。

「あぁもうっ‼　かわいいなもう〜〜〜」

「きゃふふっ！」

期待に応えるべく、両手で毛並みをすいてやる。

人懐っこいジェナは、人の手で撫でてもらうのが大好きだ。

スリッカーブラシもお気に入りのジェナだが、今日は手で撫でてもらいたい気分らしい。

もふもふな毛皮に指を埋《うず》め、優しく押すように指の腹でかいてやる。

ジェナが腹を見せ、喉を鳴らして甘えてきた。

「くぅぅ～～～～んっ」

「どうですかお客さん？　力加減大丈夫ですか～？　かゆいところはありませんか～？」

楽しい。

気分はあれだ。

客に頭皮マッサージをする美容師さん？

ジェナが喜ぶよう、指の力に気を付けて撫でてやる。

ノリノリでマッサージをしていると、うっとりとしたジェナが胴体をくねらせる。

体をすり寄せられ、もふさらとした毛並みが心地よい。

もふもふと引き換えに、ドレスに大量の毛がつくが問題無い。

ケイト様とのお茶会の後、私はシンプルなドレスに着替えていた。

装飾は控えめで、王妃には見えない素朴なデザインだけど、おかげで手入れも楽ちんだ。

狼達と、思う存分戯れるためのドレスだった。

「ぐぅ?」

くねくねとしていたジェナが、ふいに耳をそばだてる。

気づくと周りの狼達も、一点をじっと見つめていた。

狼達をまとめるエドガーも、その様子に気づいたようである。

今私達がいるのは離宮の横の、開けた芝生の上だ。前庭や離宮の正面部分は、植えられた木が目隠しになって見えなかった。

狼達の見つめる方向、離宮の前庭から、黒髪の少女が現れた。

「狼……?」

少女の髪の上で、三角の耳が揺れている。獣人のようだ。

年齢は、十歳に届かないくらいだろうか?

日本だったら、ランドセルを背負っている年頃だ。黒い髪を左右の耳の上で結い、二つ結びにしている。柔らかそうなほっぺたに小さな鼻。瞳はややつり目で金色。瞳孔は縦長だった。

初対面の、でもどこか見覚えのある顔立ち。

獣人の少女の瞳は、狼達に釘付《くぎづ》けになっていた。

「この狼達は……えっと……」

少女が、きょろきょろと周りを見回した。

この場にいるのは狼達以外、私とルシアン、そしてエドガーだけだ。

エドガーは人見知りを発動中。見るからにおどおどしていた。

ルシアンはそつなく微笑《ほほえ》んでいるが、長身の成人男性だった。

小さな少女からしたら、声をかけにくいのかもしれない。

「……お姉さん、初めまして。この狼は、王家に飼われている狼なんですか？」

消去法の結果、少女は私を選んだようだ。

礼儀正しく、子供特有の高い声で問いかけてくる。

年齢の割に、しっかりしている子のようだった。

「ええ、そうよ。かわいいでしょう？」

「はいっ‼　かわい、いえ、とてもかっこいいです‼」

素直に頷《うなず》きかけた少女だったが、途中で発言を訂正した。

狼は、王家の威信を表す存在でもある。

そんな狼に対し、素直にかわいいと言ってしまって良いのだろうか、と。

幼いながらも律儀に考え、慌てて言い直したようだった。

「ふふっ、そんな固くならなくても大丈夫よ。せっかくだし、狼を撫でてみる？」

「‼　私なんかが良いんですか？」

遠慮する少女だったが、金色の瞳はキラキラとしている。黒い尻尾も、興奮を表すようにぴょこぴょこと揺れていた。

王家の狼は、この国の住人にとって憧れの存在だ。

その凛々《りり》しくかつもふもふとした姿に惹《ひ》かれる気持ち、私にはよく理解できた。

「今、私の傍《そば》にいる狼なら、人懐っこくて噛《か》まないから安全よ」

陽気なジェナは来るもの拒まず。

とてもフレンドリーな狼だった。

「こんな風に頭の下から手を伸ばして、撫でてあげると喜ぶわ」

「わふっ‼」

『その通り！　撫でてもらうの大好きです‼』

と言わんばかりに、ジェナが鳴き声を上げている。

人慣れしたジェナの様子に、少女のためらいも解けたようだった。

「じゃぁ、失礼しますね……」

とてとてと近寄ってきた少女が、ジェナに向かって手を伸ばす。

柔らかな毛並みに手が触れ、金の瞳が見開かれる。

「もふもふ……」

ほにゃり、と。

少女の頬が緩んだ。

見ている私の表情もユルユル。

かわいいなぁ和むなぁ。

猫耳少女が無邪気に狼と戯れる姿は、かわいさのオーバーキル状態だった。

今ほどカメラが恋しくなった瞬間はないので、脳内メモリーを全力起動。

しっかりと記憶に焼き付けていると、少女がはにかんだ顔を向けてきた。

「素敵です‼　この子、すごく撫で心地が良いんですね？」

「ありがとう。ブラッシングをした甲斐《かい》があるわ」

不審者一歩手前の表情を引っ込め、少女に向かって笑いかける。

ジェナ達狼は、私やエドガーが定期的に毛並みを整えていた。

スリッカーブラシの導入によって、よりスムーズなブラッシングが実現。狼達の毛並みは一層艶やかになり、ひそかな私の自慢だった。

「お姉さんがお世話を？　狼番なんです――きゃっ⁉」

「くふっ⁉」

「っわっと‼」

ジェナがもっと撫でて、と。

少女に向かって頭を突き出した。

驚きよろけた少女を、とっさに腕を伸ばし受け止める。

「大丈夫？　びっくりさせてごめんなさいね」

「あ、ありがとうございます。……えっと、お姉さん、お名前は？」

「私？　私は――」

「レティーシア様‼」

私を呼ぶ声。

離宮に勤めているメイドだ。

メイドの声に、腕の中の少女はびしりと身を固くしていた。

「……レティーシア……様……？」

少女の瞳が見開かれ――

「失礼をしてっ‼　申し訳ありませんでしたっ‼」

甲高い絶叫が響いたのだった。

◇　◇　◇

「王妃であるレティーシア様と気づかず、申し訳ありませんでした……」

「レレナが謝る必要は無いわ。私のあの服装じゃ、王妃だなんてわからなくて当然よ」

王妃どころか、貴族令嬢に見えるかも怪しいラフさだったからね……。

むしろこちらが謝りたいくらいだ。

猫耳の少女――レレナはどうやら、私のことを狼番か何かだと勘違いしていたらしかった。

離宮の前庭、置かれた錬鉄の椅子に向かい合って座った彼女は、猛烈な勢いで謝っている。

恐縮し震えるレレナの緊張をほぐすべく、ゆっくりと語りかけていく。

「レレナは何も失礼なことなんてしていないわ。狼を撫でる手つきも、とても優しかったもの」

「で、でも私は、レティーシア様に思いっきり、寄り掛かってしまいました……」

「あれくらい平気よ」

「ですが……」

「どうしても気になるのなら、もし私がびっくりして転びかけた時は、今度はレレナが支えてくれるかしら？」

「……はい‼　わかりまし……」

レレナの言葉が立ち消える。

口を噤《つぐ》み、私と自分の体を見比べている。

小さな自分の体で、どうすれば私を支えられるか、真剣に考えているらしい。

真面目で律儀な性格のようだった。

「ふふ。レレナの、その気持ちだけで十分よ。しばらく、この離宮で一緒に暮らすんだもの。仲良くできたら嬉《うれ》しいわ」

「こちらこそ、よろしくお願いいたしますっ‼」

勢いよくレレナが頭を下げると、二つ結びの髪が跳ね動く。

「お姉ちゃ――クロナがご迷惑をおかけしたのに、私を助けていただきありがとうございます」

「気にしなくて大丈夫よ。私が、やりたくてやっているだけだもの」

クロナ――この離宮に勤めていたメイドのことを思うと、鈍く胸が痛んだ。

シフォンケーキの盗作騒動の時、クロナは私を裏切っていた。莫大な借金の取りたてから、幼い妹、レレナを守るためだ。

両親を亡くしているクロナ姉妹には、お互い以外頼れる身寄りがいないらしい。

罪を贖《あがな》うため牢《ろう》にいるクロナの代わりに、私がレレナを助けることにしたのだ。

「……レティーシア様、本当に私が、この離宮でお世話になっても良かったんですか？」

「離宮にはまだ、使っていない部屋がいくつもあるわ。陛下の許可も取ってあるから大丈夫よ」

「でも、ご迷惑じゃ……」

「ほうってはおけないもの。もし、レレナを放置して何かあったら、クロナだって悲しむわ」

「お姉ちゃん……」

レレナが、きゅっと小ぶりな唇を噛みしめる。

クロナは贖罪《しよくざい》の一環として、ディアーズさんの悪行の一部を告白している。

――ナタリー様の叔母でありながら、シフォンケーキの盗作を指示し、いくつもの罪を重ねたディアーズさん。

クロナの告白もあり、ディアーズさんは厳罰を受け、数十年先まで牢の中の住人だ。

しかし、ディアーズさんの縁者では処罰を免れた者も何人かいて、彼らは不平を抱えていた。

元々彼らは、獣人を蔑視している人間だ。

八つ当たりじみた暴力が、クロナの妹であるレレナへと向かう危険性があり……既に何度か、怪しい兆候があったのだ。

そんな危険からレレナを保護するため、私は陛下に相談をしていた。

レレナの身は守りたいが、彼女一人のために、何十人もの兵士を動かすのは難しい。

ならば、王城の中にあり警備の目もあるこの離宮に、レレナを招いたらどうだろうか、と。

そう提案した結果、陛下は許可を出してくれたのだ。

レレナは今日、付き添いの兵士と共にこの離宮を訪れたところだった。兵士が離宮の主《あるじ》である私への取り次ぎを待つ間、一人で離宮の敷地を見学していたのだ。

そこで偶然、私と出会い狼を撫でていたところ、兵士の訪問を受けた侍女が、私を呼びに来たという流れだった。私が庭に出ていたため、入れ違いになったような形だ。

「この離宮にいれば、ディアーズさんの縁者だってそうそう手が出せないはずよ。陛下達が今、彼らに余罪がないか洗っているところだから、閉じ込めてしまって悪いけど、しばらくこの離宮に滞在してもらえないかしら？」

「わ、悪いなんてそんなことないですっ‼　こちらこそ、よろしくお願いいたしますっ‼」

恐縮したようにぺこり、と。

レレナが頭を下げたのだった。

◇◇◇

レレナとの一通りの挨拶を終えた後。

私は自室で、レレナ受け入れに関する書類に目を通していた。

「レレナ、クロナによく似てるわね……」

私が初対面で、懐かしさを覚えたのもそのせいだ。

レレナの髪と瞳の色はクロナと同じ。顔立ちも似通っていた。

あと数年して第二次性徴期を迎えたら、クロナとそっくりの顔になりそうだ。

……ただし、そっくりなのは顔だけ。

マイペースなクロナとは違い、レレナは真面目で、礼儀正しい性格のようだった。

「……レレナの境遇では、子供らしく無邪気なままではいられなかったのかもね……」

「幼い身で両親を失い、姉のクロナとも離れてしまいましたからね」

私の呟《つぶや》きに、控えていたルシアンが目を細めた。

従者のルシアンは、身寄りのない孤児院の出身だ。

両親を亡くしたレレナの境遇に、思うところがあるようだった。

「ルシアン、手が空いている時にでも、レレナの様子を観察してもらえないかしら？　あの子、知り合い一人いないこの離宮に引きとられて心細いでしょうしね……」

「承知いたしました。お嬢様の離宮で彼女の涙が落ちないよう、気を配りたいと思います」

「助かるわ」

……本当は、私がレレナのケアもできたらよいのだけど。

残念ながら、レレナは私に対して、一歩引いてしまっているのだ。

無暗《むやみ》に私が前に出ると、レレナには負担になるかもしれなかった。

「……私も、やれることはやるつもりよ」

書類仕事を終えた私は、着替えて部屋を出ることにする。

行き先は通い慣れた厨房《ちゅうぼう》だ。

「ジルバートさん、厨房の一角をお借りしますね」

「はい！　頼まれていた食材は並べてありますので、自由にお使いください」

ジルバートさんが、かまどの正面に陣取ったまま答えた。

時間はまもなく夕刻。

夕食の準備に、厨房が慌ただしくなる時間だった。

「レレナが喜んでくれるといいのだけど……」

用意された食材を確認しつつ呟く。

今から作る料理は、レレナの訪れを歓迎するための料理だ。

予定ではレレナは、明日この離宮に到着するはずだった。

彼女を歓迎する料理も、本来は明日の夜に出される予定で、だからこそ私も、今日はのん気に狼と戯れていたわけだけど……。

予定はあくまで予定だ。

交通機関が発達していないこの世界では、予定通りとはいかないことが珍しくない。

分刻みのスケジューリングが当たり前の日本の交通機関とは、事情がまるで異なっていた。

予定は繰り上がったが、幸運なことに歓迎用の料理の食材は今日届いていたので、手の空いている私が作ることにする。

「料理の主役は、この川魚ね」

よく太った、鱒《ます》に似た姿の川魚だ。

手早く包丁を入れ、骨と内臓を取り除いていく。

魚の処理は前世で行っていたし、この離宮に来てからも練習しているのでバッチリだ。

皮を残したまま、五センチメートルほどの長さに身を切っていく。

作るのはトマト煮込みだ。

レレナの好物だと、以前クロナが話していたのを覚えている。

二人の故郷は川が近く、平民でも新鮮な魚を食べられる土地のようだ。

「油を引いて、にんにくを入れて白身魚を入れて、と……」

じゅわりと香り立つにんにく。

白身魚を皮目から入れることで焼き目をつけ、オリーブオイルとワインで味付けをしていく。

じゅうじゅうと鳴る白身魚を焦がさないよう軽く炒《いた》め、薄切りにした玉ねぎと、潰したトマトの水煮、そして数種類のハーブを加えて蓋をした。

そのまま数分間煮込み、蓋をずらして様子を見ていく。

アルコールが飛んでいるのを確認し、塩で味を調えたら完成だ。

「白身魚のトマト煮込み、完成……‼」

ほわりと立ち上がる湯気はトマトの香り。

煮込まれたトマトが白身魚に絡み、つやつやとした赤色に光っている。

一切れ味見すると、ふわりと身がほぐれた。

出来立ての熱々。歯を立てると柔らかに身がほどけ、うま味がしみだしてくる。

身と汁を飲み込むと、ハーブの香りとトマトの酸味が通り抜けた。

ハーブの組み合わせは、ジルバートさんと相談したものだ。泥臭さが消え、食欲をそそる香りがついていた。

「うん、美味《おい》しい。これなら楽しんでもらえるかしら……？」

今日のため、何回か試作を重ねたこの料理。

気に入ってもらえるだろうか？

メイドを呼び、トマト煮込みとサラダ、それにパンの夕食をレレナへと運んでもらう。

初めての環境に緊張したせいか、レレナは疲れ気味のようだ。

私や初対面の離宮の使用人と一緒の食事では余計に気疲れするかもと思い、料理を自室に運ばせることにしたのだ。

待っている間に、私も夕食を食べることにする。

ジルバートさん達が腕を振るった料理は、今日もとても美味しかった。

「そろそろレレナも、食べ終わった頃かしら……？」

食後のデザート、紅茶のアイスクリームを口に運ぶ。

紅茶の香りが牛乳の甘さと混じりあい、ミルクティーのようで美味しかった。

アイスについてはストロベリーアイスを筆頭に、フレーバーの研究改良を行っている。

はちみつ、ブルーベリー、さくらんぼにアプリコット。

色んな味のアイスを作ってみたけど、一番受けが良かったのがこの紅茶味のアイスだ。

『とけるとろける紅茶』と、ジルバートさんも絶賛していた。

「レティーシア様、今よろしいでしょうか？」

紅茶アイスの余韻を楽しみ、食堂を出たところで獣人の侍女が声をかけてきた。レレナと同じ山猫族の侍女だ。彼女にレレナの夕食の配膳を任せ、様子を見るよう頼んであった。

「レレナは、食事を食べてくれましたか？」

「はい。完食されたのですが……」

言いづらそうに、声が小さくなっていく。

どうしたのだろうか？

「……泣いてしまいました」

「………………」

……泣くほど嫌いな料理があったのだろうか？

だとしたら、悪いことをして――

「ふんぎゃあっ!!」

「にゃにゃあっ!!」

何事!?

猫らしき叫び声と共に、どったんばったんと走り回る音がした。

音は次第に近づき、一匹の小さな影が飛び出してくる。

「にゃあっ‼」

「いっちゃん⁉」

ヘルプミープリーズ‼

といった勢いで、いっちゃんが私に向かって飛び上がってきた。

咄嗟《とっさ》に受け止め抱きしめる。

するといっちゃんを追うように、黒猫が姿を現した。

「……初めて見る猫ね」

離宮には、山猫族の伴獣である、数匹の猫が寝起きしている。

しかし目の前の猫のような、真っ黒な子は見たことがなかった。

黒猫はぶわりと尻尾をふくらませ、いっちゃんを睨《にら》みつけている。

どうしたものかと思っていると、ぱたぱたと軽い足音が近づいてきた。

「待って——レティーシア様っ⁉」

レレナだ。

走り回っていたせいか、髪や服がところどころ乱れている。

レレナはこちらに頭を下げると、慌てて黒猫を抱きかかえた。

「申し訳ありませんでした‼　メランがご迷惑をおかけしてしまってっ……‼」

黒猫はメランという名前のようだ。

メランとレレナ、そしていっちゃんの姿を観察する。

幸い、メランにもいっちゃんにも、怪我《けが》などはなさそうだった。

「その子、レレナの伴獣かしら？」

「亡くなったお父さんの伴獣です。今は私が世話をしていて、一緒にこの離宮に連れてきてもらったんです」

「そうだったの。慣れない環境で、興奮してしまったのね」

「はい、少し目を離した隙に、申し訳ありませんでした……。好奇心旺盛で活発な子で、でも他の猫と喧嘩《けんか》することは滅多にないはずなんですが、なぜか暴走してしまったみたいで……」

なるほど。

それなら仕方ないことかもしれない。

私はいっちゃんを見つめた。

「いっちゃん、どこか痛いところはない？」

いっちゃんは首を横に振った。

次いでもう一問、メランと走り回る途中で、何か家具が壊れたりしてないか聞くと、いっちゃんは再び首を横に振った。

「わぁ、すごいです。賢い猫なんですね」

「……実はこの子、猫じゃないのよ」

「え？」

レレナがぽかんと口を開いた。

うん、わかるよその気持ち。

私だって、初めていっちゃんに会った時は、ただの猫にしか見えなかったもんね。

「この子、庭師猫という幻獣なの」

「庭師猫……この子があの伝説の……」

レレナがまじまじといっちゃんを見ている。

山猫族だけあり、猫に似た姿の庭師猫のことも知っているようだった。

「すごい……。私、初めて見ました……‼」

「かわいい子でしょう？　この離宮の人間はこの子が庭師猫だと知ってるけど、庭師猫は数が少ない幻獣だから、離宮の外にはあまり存在を広めないで欲しいの。……お願いできるかしら？」

「わかりましたっ‼」

こくこくと、猛スピードでレレナが頷いている。

その腕の中で、黒猫のメランも少し落ち着いたのか、逆立った毛がおさまってきていた。

「この子、いっちゃんというのだけど、見た目は猫そっくりでしょう？　猫っぽいけど、猫じゃないいっちゃんのことを、メランが威嚇するのも仕方ないわ」

離宮の他の猫も、最初はいっちゃんのことを遠巻きにしていた。

今でこそ一緒に日向《ひなた》ぼっこする姿を見かけるけど、当初はあからさまに警戒していたのを覚えている。

いっちゃんは器が大きいというか、苺と食事を邪魔しない限り怒ったり喧嘩を売ることはないので、メラン側に慣れてもらいたいところだった。

「メランといっちゃんについては、時間が解決してくれることを期待しているわ。レレナも、見守ってもらえないかしら？」

「はい。今後はメランがいっちゃんをいじめたりしないよう、しっかりと気を付けますね」

ぺこりと頭を下げたレレナが、メランを連れて退出しようとした。

「レレナ、待って。もう一つ聞かせて欲しいことがあるの」

「何でしょうか？」

「今日の夕食、何か苦手な料理があったのかしら？」

「それは……」

レレナが口ごもった。

答えあぐね、困っているようだ。

「誰だって苦手な料理や味付けの一つや二つあるもの。あらかじめ言ってもらえれば、避けることもできるし、教えてもらえないかしら？」

まぁ、野菜全部食べられません、とか。

極端な偏食は困るのだけど。

レレナの性格的に、そういうことは無さそうに見えた。

「あの、その、違うんです。お料理は全部美味しかったんですけど、白身魚を食べた時、つい涙が出てしまっただけで……」

え、私が作った料理が原因？

などという感情を表に出さないように注意しつつ、レレナの説明を聞いていく。

「まさかこの離宮で、故郷と同じ白身魚の料理が食べられるなんて思わなくて、びっくりして涙が出てしまったんです」

「……そうだったの。驚かせてしまったのね」

頷き、それ以上の質問はしないことにする。

レレナはきっと、驚いただけじゃなく……懐かしくなってしまったのだと思う。

今日作った白身魚のトマト煮込みは、レレナの好物だとクロナから聞いている。

歓迎の気持ちを込めて作ったけど、レレナに故郷を思い出させ、一種のホームシックを引き起こしてしまったようだ。

気丈に振る舞っていても、レレナはまだ子供だった。

やはり、しっかり気を付けて見守っていかないと、と。

私は再確認したのだった。

◇◇◇

「いっちゃん、さっきは大変だったわね？」

いっちゃんを抱え自室に戻った私は、機嫌をうかがうように語りかけた。

先ほどメランと追いかけっこをしていたのは、先にメランが仕掛けたからだ。巻き込まれたいっちゃんを、労《いた》わってあげたかった。

「うにゃうにゃ～～～」

いっちゃんの鳴き声は、既にいつも通りだ。

部屋には私といっちゃん、それにルシアンしかいなかった。

安全な場所だと認識したいっちゃんが、私の腕から降り立つ。

抱っこで乱れた毛並みを直すため、しきりに毛づくろいをしていた。

……うーん。

いっちゃんはそこまで、メランのことを気にしてなさそうだけど、わかりにくいだけでストレスはあるのかもしれない。

多頭飼いの際は、先に住んでいた猫の様子をうかがい、ケアをすることが必須だ。

いっちゃんのために、何ができるだろうか？

考えていると、いっちゃんがとてとてと書き物机へと歩いて行く。

軽く姿勢を落とし、ばねを使ってジャンプした。

「珍しいですね。こいつは、弁《わきま》えている猫だと思っていたのですが……」

ルシアンが呟いた。

彼の言葉通り、いっちゃんが私の机の上、プライベートゾーンとでも言うべき場所にのっかるのは珍しかった。

不思議に思っていると、机の隅に置いてある紙束をぺしぺしとしている。

「それ、私のレシピを書き留めたものだけど……読みたいの？」

「にゃっ‼」

頷かれた。

いっちゃんの右手が、ページをめくる動きを真似《まね》している。

可愛《かわい》すぎだった。

「わざわざレティーシア様の手を煩わせるとは……不届きものですね」

「きっと、いっちゃんなりの思いやりよ。爪で紙を傷つけないよう、配慮してくれてるんだわ」

椅子に座り、順番にページをめくってやる。

さすがにいっちゃんも文字は読めないはずだけど、レシピ帳には簡単なイラストも描いてあった。じっと見つめていたいっちゃんが興味を示したのは、ある意味予想通りのページだ。

「苺ジャムのクッキー……」

「にゃにゃにゃっ‼」

ぽすぽすと、クッキーの手書きイラストを肉球が押していた。

ついで、イラストといっちゃんの口の間を、肉球がいくども往復する。

「明日、苺ジャムクッキーが食べたいってことね？」

「にゃっ‼」

いっちゃんの瞳が輝いた。

……多頭飼いのコツは、先住猫にも配慮をすること。

私はいっちゃんのために、追加でクッキーを作ることになったのである。

◇　◇　◇

「うぅ……私の苺ジャムが減っていく……」

未練たっぷりの声を、私は厨房であげていた。

いっちゃんのために、苺ジャムクッキーを作ることになったのだけど。

……そうなると当然、材料が必要になるわけで。

自分用にストックしていた、苺ジャムを使うことになったのだ。

「名残惜しいけど……今回、いっちゃん用のジャムを使うのは違うものね……」

厨房の一角、木製の棚には、ずらりと苺ジャムの瓶が並んでいた。

ジャム瓶のうち、緑のリボンがかけられたものは、いっちゃん専用のものだ。

他にも、私用のジャム瓶には赤いリボンが結んであり、リボンの無いものはお客様やジルバートさん達料理人のためのものだった。

季節は既に初夏。

苺の旬は過ぎ去り、これからは苺ジャムなど、保存処理をしたものが頼りになってくる。

庭師猫であるいっちゃんの力で、ある程度季節外の苺が収穫できるとはいえ、無理をさせるのは禁物だ。力の使いすぎでいっちゃんが体調を崩したりしないよう、限られた苺資源でやりくりをすることに決めている。

……ちなみに。

ジャム瓶にリボンを巻いて区別してあることからもわかるように、苺ジャムの所有者はしっかりばっちりと決められている。

私といっちゃんとの、厳正なる話し合い（?）の結果だ。

「……いっちゃんとの苺ジャムの話し合いの時は私、熱中しすぎだったよね……」

思い出すと、ははは、と。乾いた笑いが漏れてしまう。

横に立つルシアンも、どこか遠い目をしていた。

――苺の旬が終盤に差し掛かり、ジャム作りを終えたその夜。

私はいっちゃんと、かつてないほど真剣に向かい合っていた。

『いっちゃんの取り分は四割でどう?』

『にゃっ‼』

『難しい?　じゃぁ四割五分……』

『にゃぁぁ～～～?　にゃにゃんっ‼』

『え、それじゃ無理?　全然だめ?　出直してこい?』

首を横に振るいっちゃん、言葉を重ねる私、更けていく春の夜。

いっちゃんとの交渉は、やがて苺への思いをぶつけあう場に変わっていった。

白熱する一人と一匹。

にゃうにゃうと鳴くいっちゃんは、苺のこととなると信じられないほど表情豊かで、とても情熱的だった。

……おかげで、気づいたら朝になっていて、いっちゃんと共に、意味不明に清々《すがすが》しい朝焼けを迎えることになったのだ。

言葉をしゃべれないいっちゃん相手に一晩語り明かしたとか、色々おかしいけれど……。

気にしたら負けだと思う。

あの日ルシアンに、

『私はたとえお嬢様がどうなろうと、変わらず忠誠を誓うつもりです』

などとガチめのトーンで告げられたことも、気にしないでおくことにする。

……気分を切り替え、目の前に並べられた材料を確認した。

「苺大好きないっちゃんのためだものね」

私用の苺ジャムに手をつけることにし、クッキー作りを始めた。

作るのは、オーソドックスな型抜きクッキーだ。

いっちゃん用の苺ジャムを使ったものと、ついでに自分用や離宮の使用人に配る用のものも作ることにした。

クッキーは、既にこの離宮でも何度も作っている。

湿度と温度を考え、バターの分量などで微調整すれば失敗しないはずだ。

バターと砂糖をすり混ぜ、ヘラで馴染《なじ》ませていく。

途中で泡だて器に持ち替え、ぐるぐるぐるとかき混ぜる。横でルシアンも生地を作っていてくれるので、量の確保もばっちりだった。

生地が白っぽくなったら、溶いた卵を二〜三回にわけ加えていく。

よくすり混ぜ、薄力粉を加えると、生地がまとまってきた。

ここで一時的に生地を休ませるため、氷を入れた冷蔵庫代わりの箱に入れておく。

待っている間に、いっちゃん用の苺ジャムを練り込んだクッキー生地を作ることにする。

プレーン生地を作る時と同じ要領で材料を混ぜ、苺ジャムを投入。ケチらず入れたおかげで、生地は綺麗《きれい》なピンクになっていた。

プレーン生地の横で苺クッキー生地を休ませたら、オーブンを予熱しつつ、クッキー型を準備しておく。

丸型、星型、それに肉球型（いっちゃんモデル）、肉球型（狼モデル）。

……ぱっと見はよく似た肉球の抜き型二つだけど、地味に細部にこだわっていたりする。

このこだわりが一味違うクッキーを生み出す……わけではないけれど。

作っている間、私が楽しいのでオッケーだった。

「さてと、あとはめん棒で伸ばして、っと……」

休ませていた生地を取り出し、五ミリメートルほどの厚さに伸ばしたら、型で抜いてオーブンで焼いていく。

「焼けた小麦とバターと、苺の甘酸っぱい香り……」

嗅いでいるだけで、とても幸せになってくる。

香りを楽しんでいると、厨房入り口に小さな影が現れた。

「……予想通り、いっちゃんね」

漂いだした苺の香りに、いっちゃんも釣られたようだ。

その姿に、料理人達が頬を緩ませた。

「お、今日もやってきましたね」

「苺の香りに惹かれてくるとは、いっちゃんは今日もいっちゃんだな」

「この可愛い奴《やつ》めー」

わかる！

わかるよその気持ち！

いっちゃん可愛いよね目ざといよね!!

心の中で、料理人達に深く同意しておく。

厨房入口で苺料理を待ち構えるいっちゃんは、料理人達のマスコットポジションになっている。

いっちゃんの方も慣れたもので、デレデレする人間達を気にもせず、苺クッキーの入れられたオーブンを見つめていた。いっちゃんからの無言の圧力と催促を感じつつ、クッキーの焼き上がりを見計らい、取り出して網に乗せていく。

粗熱がとれたのを確認し、いっちゃん用の皿へ乗せ厨房の外へと持っていった。

「いっちゃん、出来たわよ」

「にゃっ‼」

待ちきれないと、いっちゃんが二本足で立ち上がる。

肉球で器用にクッキーを挟むと、口いっぱいに頬張りだした。

「……ハムスターみたい……」

見た目猫なのに、と。

吹き出す私に構うことなく、いっちゃんはクッキーを放り込む。

もにゅもにゅもにゅど動くほっぺにあわせてひげが揺れ、瞳は時折うっとりと、味わうように細められていた。

「料理人冥利に尽きるなぁ……」

幸せそうないっちゃんを見ていると、苺ジャムも惜しくないと、そう思えてくるのだった。

◇◇◇

いっちゃんに苺クッキーをあげた後、私は再び厨房に戻ってきていた。

今度用意するのは、大ぶりな鶏《とり》もも肉だ。

薄いピンクの脂肪がついたもも肉に、ぱらぱらと塩をふっていく。

全体に塩がまぶされたのを確認したら、あとは焼くだけだった。

「前回はこんがりウェルダン、中まで焼いてしまったから……今日はレアね」

フライパンを加熱しつつ、焼き加減を決定する。

これから焼くのは、グリフォンのフォンに与える用の肉だ。

フォンのように、人間を主と定めたグリフォンは、主から肉を与えられるととても喜ぶらしい。

私が直接肉をあげることで、信頼関係が強まるようだった。

毎日やると、逆にフォンが委縮してしまうらしいので、今のところ十日に一度ほど、肉を焼いて出すことにしている。

普段、フォンが食べているのは生肉だが、調理した肉もいけるらしい。私があげる時はちょっとした味付けを加え、焼き加減を変え、気に入る味を探しているところだ。

調理する肉は、ざっと五キログラムほど。

少し大変だけど、順番にフライパンに乗せ焼いていく。

せっかくなので、フォンには私自ら調理したものを食べて欲しかった。

気分は前世のドキュメンタリーで見た、動物園の飼育員である。

「何度見ても壮観ですね……」

ルシアンはそう言いつつも、手際よくバケツに焼き上がった肉を入れていく。

「人間なら、軽く数十人分だものね」

私も別のバケツに何種類かハーブを入れ、一緒にフォンの元へ向かった。

野生のグリフォンの生態は謎が多いけど、肉と一緒に香りのする草を食べるらしいので、その代わりにするためだ。

「きゅえっ‼」

かちかち、と。

私とルシアンの姿を見て、フォンが嘴《くちばし》を鳴らした。

肉を欲しがる時の癖。私の頭をくわえられるほどの嘴なので、結構大きい音だ。

最初は驚いたけど、親鳥に餌をねだる雛《ひな》のようで、慣れればかわいらしい仕草だった。

「よしよし、今日はレアよ。召し上がれ～」

大きく開かれた嘴へ、肉とハーブを差し入れてやる。

ぱくり。

一瞬で肉が飲み込まれていく。

丸ごと一口で平らげるのが、フォンの食べ方だった。

レア肉が気に入ったのか、今日は食べるスピードが速い気がする。

バケツ一杯の肉を食べ終えると、フォンが頭をすり寄せてくる。

ふわふわとした白い羽毛が、ほっぺにあたってくすぐったかった。

「もふふわ……極楽………そして圧倒的な……肉の香り………」

「くあっ？」

首を傾げるフォンはかわいいけど、食後は匂いが肉肉しかった。

いい匂いだなぁ、と思いつつ、フォンの全身を撫でていく。

「よしよし、っと。……他に撫でて欲しいところはある？」

フォンが首を振った。

お腹が満たされ撫でられたことで、とても満足そうな顔をしている。

調子が良さそうなので、今日もフォンの訓練を行うことにする。

……といってもやるのは私ではなく、ルシアンだった。

フォンは既に、私の指示なら一通り聞くようになっている。

だが、常に私が傍にいられるとも限らないので、他の人でもある程度フォンを動かせるよう、訓練しているところだった。

「そこ。止まってください」

「きゅあっ！」

ルシアンが声をかけると、フォンが鳴き声を上げ歩みを止めた。

前足が、ちょこんと揃《そろ》えられている。

指示に従ったフォンが、ルシアンをじっと見つめていた。

「うん、上出来ね。ルシアン、撫でてみて？」

「はい。それでは……。よくやりました。賢いですね」

「きゅいっ‼」

ルシアンが首筋をわしゃわしゃとするのを、フォンは一声鳴いて受け入れていた。

さすがはできる従僕のルシアン。何人か離宮の使用人に、フォンの指示出しを練習させてみたけど、ルシアンが一番進みが早いようだ。

「ルシアン、すごいわね」

「お嬢様には及びませんよ」

「私は、フォンに主認定されてるもの。私以外で、こんなにフォンが言うことを聞くのはルシアンだけよ。何か、コツとかあるのかしら？」

「コツ、ですか……」

考えるルシアンの黒髪がそよぎ、切れ長の青い瞳に影を落とす。

翼を畳んだフォンと並ぶと、とても絵になる一人と一匹だ。

……ほのかに漂う、肉の匂いは無視するものとする。

ちょっとお腹空《なかす》いてきた気がした。

「コツとは少し違うかもしれませんが……仲間意識でしょうか？」

「フォンとの？」

「フォンは、お嬢様を主と定めた、見る目のあるグリフォンです。お嬢様を主と仰ぐ者同士、フォンとは上手くやっていけそうですからね」

「きゅあっ‼」

ルシアンに同意するように、フォンが頭を上下させている。

二本の飾り羽も、フォンの動きに合わせ揺れ動いていた。

「……ありがとう。頼りにしてるわ」

ピッタリと息の合った一人と一匹に、私は頬を緩ませた。

ルシアンもフォンも真面目で、義理堅い性格の持ち主だ。

種族の違いはあっても、気が合うのかもしれない。

……うん、やっぱ、相性ってあるよね。

フォンのことは惜しみなく褒めるルシアンだったけど、いっちゃんへはやや辛口だ。

マイペース極まるいっちゃんの行動に一言申しつつ、それでもなんだかんだ、いっちゃんの頼みごとを聞いてやる。

いっちゃんもいっちゃんで、ルシアンに素直に世話をされている。

それが、いっちゃんとルシアンの関係なのだった。

◇◇◇

フォンとルシアンの訓練を終え、離宮の中へ戻ると、レレナが待ち構えていた。

口は引き結ばれ、拳は握り込まれ、緊張しているのが手に取るようにわかった。

「レレナ、どうしたの？」

「レティーシア様に一つ、お願いしたいことがあるんです」

「……用意した食事や衣服で、苦手なものがあったのかしら？」

大きく環境が変わったレレナの負担にならないよう、受け入れの準備は整えていたつもりだけど……。

昨日の白身魚のトマト煮のように、何か気になることがあったのかもしれない。

「そんなことはないですっ‼　お布団はふかふかで、お料理も美味しくて……私にはもったいないくらいです」

感謝の言葉を述べつつも、レレナの表情は晴れなかった。

……なんとなく、レレナの言いたいことがわかった気がする。

「……レティーシア様は、私にすごくよくしてくれてます。それはとても、とてもありがたいことなんですが……だからこそ、ただ一方的に、甘えちゃいけないと思うんです」

レレナが顔を上げ、私の顔を見つめた。

「お願いです。この離宮にいる間、私を侍女見習いとして、働かせてもらえませんか？」

「侍女見習い……」

少し考える。

レレナに安心して離宮で暮らしてもらえるよう、衣食住の面倒を見るつもりだったけど……。

それだけでは足りない——否、足りすぎてしまったのが問題なのかもしれない。

レレナにとって私は、血の繋《つな》がりが微塵《みじん》も無い他人だ。

そんな私に、生活の全てを頼りきりになるのを、レレナは申し訳ないと思っているようだ。

「レレナ、そんなに焦らなくても大丈夫よ。離宮に来て大きく環境が変わったばかりだし、しばらくはのんびり体を休めたらいいわ」

「……ありがとうございます。でも、ずっと部屋で一人でいると、それはそれで落ち着かないんです……」

レレナは引かなかった。

のんびりまったりが大好きの私と違って、体を動かしている方が精神的に楽なのかもしれない。

……レレナが一人きりでいると、故郷やクロナのことを思い出し、辛《つら》いのもありそうだ。

「そうね。……じゃあ、準備が出来次第、侍女見習いとして働いてもらってもいいかしら？」

「はい！　お願いします‼」

頷いたレレナにいくつか質問をすると、さっそく手続きをすることにした。

考えてみれば、レレナの提案は私にとっても歓迎できるものだ。

かつて私はクロナに、レレナの面倒を見ると約束している。

約束した以上、当面の生活だけではなく、レレナの将来についても気になっていたのだ。

レレナは商人であった両親を亡くしていて、既に頼れる相手がいなかった。

両親の商売を継ぐのも難しい以上、手に職をつけるのが堅実だ。

この離宮の使用人は、王妃である私のために集められただけあり、総じてレベルが高かった。

そんな使用人達の元で侍女見習いとして学べば、離宮を出た後も、職には困らないはずだ。

見習いだから、給金はあまり出せないけど……。

それでも、子供のお小遣いとしてはかなりのお金がレレナの元に入るはずだ。

「……数年後には十分な独立資金を手に、一人前の侍女になっているはずよ」

私は一人頷くと、レレナを雇うための指示を出したのだった。

レレナを正式な侍女見習いとするため、陛下に手紙を出した翌日。

私はナタリー様とお茶会を楽しんでいた。

「レティーシア様に一つ、お願いがあります」

少しあらたまった様子で、ナタリー様がそう言った。

どんな願いだろう？

紅茶のカップから口を離し、姿勢を正し聞くことにする。

「どのような事柄でしょうか？」

「レティーシア様のはからいで私は、たくさんの犬や猫達と、関わる機会をいただけました」

ナタリー様は離宮にやってくるたびに、離宮の使用人の伴獣達と触れ合っている。

ついさっきも、ビーグル犬に似たグルルという犬を、それはもう嬉しそうに撫でていた。

「おかげで私も少し、犬猫達との接し方が、わかってきた気がします」

「確かに撫で方が、だいぶ上手くなっていましたね。先ほどもグルルが、尻尾を振って喜んでいましたわ」

「グルル、かわいかったです……！」

なでなで大好きです！

と、尻尾をぶんぶんと振るグルルの姿を思い出し、ナタリー様と二人ほんわかとする。

「……話がそれましたが、願い事とはなんでしょうか？」

「狼達の近くに、お邪魔することは可能でしょうか？」

期待のにじんだ、真剣なまなざしのナタリー様。

この国の多くの人間にとって、王宮で飼われている狼は特別な存在だ。

もふもふ好きなナタリー様も、狼に憧れをもっているらしい。

離宮にやってくる狼は、狼番達によってよく躾《しつ》けられている。

狼は体が大きいので念のため、ナタリー様から遠ざけてもらっていたけれど……。

「おそらく、大丈夫だと思います。ナタリー様は狼のこと、怖くないですよね？」

「いくどか遠くから見たことがあって、撫でてみたいと思っていました」

ならたぶん、大丈夫なはずだ。

ナタリー様は先日、垂れ耳の大型犬も撫でている。

狼達に、怯《おび》えることもなさそうだ。

「わかりました。狼番の方と少し、相談してきますね」

ちょうど狼を連れてやってきていた狼番へ、声をかけてみる。

事情を説明すると、問題なく協力を得ることに成功した。

犬や猫達をかわいがるナタリー様の姿を、狼番達も何度も見ていたのだ。

ナタリー様なら狼達に触れさせても大丈夫だろうと、太鼓判を押された形だった。

「わあっ……‼」

ナタリー様が歓声を上げた。

頬を赤くし、狼達をじっと見ている。

「かわいくて、かっこいい……‼　それにとても、もふもふしていますね！」

瞳がきらきらとしている。

かわいいなぁ。

お人形姫様、と呼ばれている普段のナタリー様とは、まるで別人のような姿だ。

「わふぅ？」

なんだこの見慣れない人間は？

と狼が首を傾げながらも、こちらに近寄ってくる。

ナタリー様の前で座り、すんすんと鼻を動かしていた。

「その子は撫でても大丈夫です。そっと、犬達にするのと同じように、撫でてみてください」

「はい……！」

ナタリー様を見守りつつ、狼達をかわいがっていく。最初は少し緊張していた狼達も、ナタリー様が悪い人間ではないとわかったのか、それぞれくつろぎ始めた。

「レティーシア様、大人気ですね……！」

人懐っこいジェナ達四頭の狼が、すりすりもふもふと体を寄せてきた。

撫でて撫でて撫でてー、と。

額をこすりつけてくる狼を順番に撫でてやる。

「よしよし。今日もみんな、とてもかわいいわ」

「くぅ〜ん」

ジェナが甘えた声を出す。

頭には柔らかい毛が生えそろっていて、撫で心地がとても良かった。

掌《てのひら》で頭の丸っこさを感じながら、もふもふと撫でていると、

「ぐぅ……？」

ぐー様だ。

青みがかった碧《みどり》の瞳で、ナタリー様のことを興味深そうに見ている。

「まぁ……！　綺麗な銀色の狼ですね！」

「ぐー様、イケ狼ですよね」

「イケ狼……？」

あ、そうか。

イケメンをもじった言葉だから、ナタリー様には通じないよね。

「かっこいい狼、というような意味です」

「そうだったのですね。確かにかっこよくて、綺麗で……偉そう？」

「ぐるぅ」

『その通り。私は偉いからな』、と言うように。

ぐー様が頷いている。

銀の毛並みをそよがせ、堂々とした足取りでこちらへやってきた。

「あ、そうだ。ナタリー様、ぐー様は撫でないでくださいね」

「駄目なのですか？」

「気難しいんです。私も最初は、撫でさせてもらえませんでしたから」

思い出す。初めてぐー様が撫でさせてくれたのは、シフォンケーキの盗作事件で落ち込んでいた時のことだ。

私に寄り添うように、隣にいてくれたぐー様。

あの時の撫で心地は、毛並みの柔らかさは、今でもよく覚えていた。

「ぐー様は気難しいけど、優しいものね？」

「ぐぅ！」

『あれはただの気まぐれだ』、と言うように。

ぐー様が横を向いてしまった。照れているのか、いくどか尻尾を振っている。

「ぐー様、そんな優しいですかね？」

狼番の男性が、疑問の声を上げた。

「暴れたりはしませんが、私や他の狼番にはそっけなくて、撫でさせてくれませんよ」

「あら、そうなの？」

「レティーシア様はかなり、ぐー様に好かれてるんだと思いま――わっ⁉」

「がるぅ!!」

狼番の男性へ、ぐー様が威嚇の声を上げている。

何か気に障ることでもあったのだろうか？

確かにこの様子だと、私以外に撫でさせないというのも本当かもしれない。

「ぐー様、落ち着いて。もしかしてお腹が空いてイライラしてるの？」

「ぐっ!!」

『そんなわけあるか』と言うように鳴くぐー様。

なにやら今日は機嫌が悪いようで、少し離れた場所へ行ってしまった。残念だけど今日は、ナタリー様と狼の触れあいに気を配る必要があるので、深追いできなそうだ。

ナタリー様と近くで話していると、ぐー様の視線を感じた。

どことなく、すねたような気配がある。

地面の上にぺったりと身を伏せ、ふて寝するように目を閉じている。

「うーん、ぐー様の狼心はよくわからないわね……」

苦笑し、ナタリー様との会話を続ける。

狼達のこと、犬や猫達のこと。お茶会で出したお菓子のこと。

そしていつしか、グレンリード陛下のことへと、話題が移っていった。

「レティーシア様は最近、陛下にお料理を差し上げているのですよね？」

「はい。一緒に料理を食べ、お話しさせてもらっていますわ」

自然と、微笑みが浮かんだ。

陛下とお会いする機会を、私は楽しみにしている。

料理を食べ、美味しいと言ってくださる陛下のことを勝手ながら、慕っているからだ。

「陛下との次のお食事が楽しみです。最近、ブルーベリーのジャムを使ったクッキーが上手く焼けるようになったので、今度お会いする時に持っていくつもりです」

「まぁ、それは美味しそうですね！」

「ちょうど今、いくつか焼き上がったものがありますから、ナタリー様もお土産に持っていきますか？」

「ありがとうございます！」

狼を撫でながら、嬉しそうに言うナタリー様。

その様子に笑いかけながら、私はもう一つの提案を伝えることにした。

「――次のお茶会を、私がケイト様と一緒に？」

「はい。いかがでしょうか？」

私の説明に、ナタリー様は考え込んでいるようだ。

「そうですね……。私もケイト様と、親交を持ちたいところですが……」

「不安はあると思いますが、一度一緒にどうでしょうか？　お二人が上手くいくよう、私も微力ながら、動かせていただくつもりですわ」

「……わかりました。そのお茶会、私も参加させていただきたいと思います」

迷いながらも、ナタリー様は心を決めたようだ。

具体的な日程を決め、ナタリー様を送り出すと、使用人長のボーガンさんがやってきた。

「レティーシア様、陛下からお手紙が参っています」

手紙を受け取り、素早く目を通していく。

『いくつか聞きたいことがある。明日の夜、料理を持ってやってきてくれ』

と、陛下のお言葉が記されていたのだった。

◇　◇　◇

「陛下、ごきげんよう」

「あぁ、今日もよく来てくれたな」

礼をし顔を上げると、麗しい陛下のご尊顔が待っていた。

陛下は今日も、大絶賛美形様だ。

銀色の髪がさらりと流れ、白皙《はくせき》の面にかかっている。瞳は切れ長で、碧にも青にも見える、冬の湖を思わせる深い色だ。陛下はまるで彫像のように、とても美しいお姿だった。

陛下の向かいの椅子に腰かけると、ルシアンが持ってきたお菓子を並べていく。

「本日は、ブルーベリーのジャムを使ったクッキーをお持ちしました」

「ほう、これが、おまえが言っていたクッキーか」

……んん？

私陛下の前でこのクッキーのこと、お話ししたことあったっけ？

少し疑問に思っていると、陛下がクッキーをつまみあげていた。

「少し変わった形をしているが……」

「肉球型です」

プレーンの生地の上に、ブルーベリージャム入りの肉球型の生地を乗せて焼いてある。

かわいらしい見た目で、一度に二つの味を楽しむことができるクッキーだった。

「ちなみにその肉球は、離宮にやってくる狼を参考にさせていただきました」

「狼の肉球型を私が食べる……ともぐい……」

「……ともぐい？」

思わず、陛下の言葉を復唱すると、

「っ……!?」

ぐらりと、頭の奥が回る感覚がした。

懐かしいような、何かを忘れているような。

思い出そうとすると、頭が熱くなるようで――

「レティーシア、どうかしたのか？」

陛下の言葉にはっとする。

笑顔を保っていたつもりが、崩れていたのかもしれない。

表情へ意識を向けると、不可解な感覚は消え失《う》せていた。

よくわからないが、体調が悪いということも無さそうだ。

「……いえ、何でもありません。陛下の方こそ、何やらクッキーが気になられているようでしたが、どうかいたしましたか？」

「狼の肉球によく似ていて、出来がいいなと思ったのだ」

「ふふ、ありがとうございます。どうぞこちら、召し上がってくださいませ」

紅茶をお供に、陛下とクッキーを食べていく。

サクリとしたクッキーが砕け、ジャムの甘さが舌を楽しませてくれた。

「うまいな。以前持ってきたクッキーも良かったが、これも違った味わいがある」

「お口にあって良かったです。これからも、旬の果物を使ったクッキーをお持ちしましょうか？」

「あぁ、楽しみにしていよう」

陛下が小さく笑うと、胸に火が灯《とも》った。

——想像してみる。

これから夏、秋、と。

季節ごとの果物を使ったクッキーを、陛下と食べられたなら。

きっとそれは、楽しい時間になるはずだ。

私は心を浮き立たせながら、最後のクッキーを飲み込んだ。

「今日陛下は、私に尋ねたいことがあるとお聞きしましたが、どのようなことでしょうか？」

「ここのところおまえは、しばしばナタリーを離宮に招いていると聞く。彼女とは上手くやれているか？」

ナタリー様との関係を、気遣ってくれたようだ。

私は笑みを深め、陛下の問いかけへ答えた。

「はい。つい昨日も、ナタリー様と一緒に、狼を撫でながらお話ししていました。そのおかげもあって、ナタリー様とはよい関係を築けていると思うのですが……」

「どうかしたのか？」

「ぐー様という一匹の狼に、すねられてしまいました」

「……」

ぐー様の話題をだすと、一瞬。

陛下が固まった気がした。

「ナタリー様とお話ししていた間、ぐー様がなんとなく、機嫌を悪そうにしてたんです。私に構ってもらえなくて、寂しがらせてしまったのかも――」

「寂しさなど感じていない」

遮るように、陛下が言い切った。

「おまえがナタリーと楽しそうにしていたから、そのぐー様という狼も、今日のところは見守ろうと思っただけだろう。寂しいなどと、思っていたわけがない」

「……そうでしょうか？」

まるでその場で見ていたように断言し、なぜか顔をそらしてしまった陛下に。

私は少し、首を捻ったのだった。

◇　◇　◇

いくつかの疑問を覚えつつも、その後の陛下とのお話は、おおむね和やかに終わった。

レレナを正式な侍女見習いにすること。

ケイト様とナタリー様の仲を取り持つこと。

どちらに対しても、無事許可を得ることができた。

陛下もどうやら、ケイト様達次期お妃《きさき》候補の不仲を憂慮しているらしい。

国王という立場上、あまり表立っては動けないが、私の動きは応援してくれるようだ。

「上手くいくといいわね……」

今日はいよいよ、ナタリー様とケイト様のお茶会の日だ。

私はルシアンと共に、二人の来訪を出迎えた。

「ナタリー様、ケイト様。本日はようこそいらっしゃいました」

「ごきげんよう。今日はお世話になるわね」

「……私も、よろしくお願いいたします」

私の挨拶に、ケイト様、ナタリー様の順番で返事をしてきた。

ケイト様は大きな声で早口で。

ナタリー様は堅い小さな声で。

二人とも、やはり緊張しているようだった。

「どうぞこちらへ。お茶菓子を用意していますわ」

二人を、前庭にあつらえられたティーセットへと導く。

テーブルの上には、クッキーとドライフルーツなどが用意されていた。

私の離宮で、客人を迎えるにしては控えめのお茶うけかもしれない。

今日は会話を主体にしたかったのと、もう一つ理由があったからだ。

「あら……？」

ケイト様が呟き、少し残念そうにしている。

それだけ、私の離宮でのお菓子を楽しみにしてくれていたようだった。

一方のナタリー様は表情を動かすことも無く、静かに椅子へ座った。

ここのところ、私と二人の時には見せない、感情のうかがえない顔だ。

私には、人見知りなナタリー様なりの処世術だとわかったけど、ケイト様はとっつきにくいと感じていそうだった。

ちょっと不安だけど、今日は二人が互いを知るのが目的だ。

私は聞き役をしつつ、会話を見守ることにする。

……したのだったけれど。

「このクッキー、アプリコットが乗っていて気に入ったわ。ナタリー様はどうかしら？」

「美味しいと思います。ケイト様は、アプリコットがお好きなのですか？」

「ええ。味も香りもお気に入りよ。ナタリー様は、どんな果物がお好きかしら？」

「果物でしたら、どれでも美味しくいただけます」

「……そう」

またもや、会話が途切れてしまった。

ナタリー様、口下手だ……。

自分の好みを口にすることで、相手と趣味が違っていたらどうしよう、と。

そう心配し、無難な答えしか返せないのはよくわかる。

わかるのだけど、それじゃお互い、どんな人間かわからないままだ。

加えてナタリー様は、受け答えの間ほぼ無表情だ。

ケイト様の方も、そんなナタリー様に更に一歩、踏み込んでいくのに躊躇《ためら》っている。

明るく積極的な性格のケイト様だけど、同時に感情的で不器用なところがあった。

ナタリー様とはついこの間まで対立しており、獣人と人間という種族の違いもあったため、ぐいぐいといけないようだった。

私も何度か会話の助け舟を出していたけど、あまり出しゃばりすぎても意味がないから、難しいところだ。

「この紅茶も、美味しいですわね……」

かちゃり、と。

ケイト様の茶器が音を立てる。

気まずい。

既にケイト様は、本日三杯目の紅茶だ。

間を持たせるためか、ケイト様はしきりに茶器や茶菓子に手を伸ばしていた。

……うーん、やっぱり、同じ年頃の二人とはいえ、すぐに上手くはいかないか。

思い出せば前世だって、クラス替えからしばらくはぎこちなかったはずだ。

今の二人の状況は……あれだ。

友達の友達と、距離を測りかねている感じ？

時間が解決してくれるかもしれないけど、こんなこともあろうかと、私には準備していたことがある。

「ケイト様、ナタリー様。このあと少し、お時間よろしいですか？」

「何？　何があるの？」

「……レティーシア様？」

ケイト様とナタリー様が、いっせいにこちらへと顔を向ける。

かみ合わない二人だけど、今この時だけは、とても息があっていた。

「お二人はうちの離宮にいらっしゃった時、お菓子をお土産に持って帰ってますよね？」

「はい。帰った後、美味しくいただいています。従者達の分も、とても好評でした」

「うちもよ。おかげで、次にいつレティーシア様の離宮に行くか、せかされてるんだもの」

順にナタリー様とケイト様が、嬉しそうに答えてくれる。

二人とも、私と話す時は程よく肩の力が抜けていた。

私が間に入らずとも、同じように仲良くやれるのが理想だ。

「……でもどうして、今その話をするのかしら？」

「確かに、今日はまだお土産のお菓子をいただいてはいませんが……」

ケイト様は猫耳を揺らし。

ナタリー様は少しだけ瞳を細めて。

それぞれ、戸惑っているようだった。

そんな二人へ、私は提案することにした。

「お菓子作りを、三人一緒にやってみませんか？」

「え？」

「えっ？」

「お二人とも、私の料理するところを、一度見てみたいと仰《おつしや》っていましたよね。よかったらこれから一緒に厨房で料理をして、作ったお菓子をお土産にしませんか？」

「私が……」

「厨房に……」

それは考えていなかった、と。

ケイト様のぴくぴくと動く猫耳が語っているようだ。

この国では、貴族令嬢が厨房に立つことが認められているが、あくまで趣味の一種だった。

ケイト様とナタリー様は、高位貴族である公爵家の令嬢だ。

礼儀作法の勉強や社交に忙しく、料理の経験はないようだった。

「材料や道具は、こちらで用意しています。そう時間もかかりませんし、試しに一度、簡単なお菓子を作ってみませんか？」

前世の調理実習や、お料理教室みたいなものかな？

一緒に料理をすることで、自然と会話も生まれるはず。

ただ顔を突き合わせ会話の糸口を探すより、上手くいくかもしれなかった。

◇◇◇

「レティーシア様、服はこれでいいでしょうか？」

「ナタリー様、よく似合っていますよ」

ナタリー様がもじもじと、エプロンをつまんでいる。

汚れの落としやすい服装へ、着替えてもらうことにしたのだ。

幸い二人とも、私と背格好が似ている。予備として置いてあったエプロンと、厨房用のドレスを装着してもらったのだ。

ナタリー様は髪の色に合わせた水色と白のストライプ柄。

ケイト様はライトグリーンの布色で、それぞれ上に白いエプロンを着る形だった。

二人が厨房に立つと、パッと空気が華やぐようだ。

仕上げに髪が邪魔にならないようまとめてもらい、さっそく料理の開始だ。

「今日二人には、クレープの生地を焼いてもらいます」

作業台には、あらかじめ休ませておいたクレープ生地が置かれている。

……最初は生地作りからやってみようかと思ったけど、それでは時間がかかりすぎる。

料理初心者の二人では生地を混ぜるのも難しそうなので、今日はそこは省略。

料理の面白さを体験してもらうために、クレープを焼き具材を選んでもらうことにした。

「用意した生地を、このフライパンで焼いていきます」

手にしたフライパンを、こんこんと叩《たた》いた。

ふちが浅く、生地をひっくり返す時やりやすいはずだ。

私の説明を、二人は興味深そうに聞いていた。厨房に入るのが初めての二人の目には、全てが新鮮で興味深く映っているようだ。

二人の視線を浴びつつ、フライパンを温め油を引いていく。

火加減を見て、おたまで生地を回し入れていった。

「いい匂いね」

ケイト様が大きく息を吸い込んだ。

温められた卵と小麦粉の香りが、ふわりと鼻先をくすぐっていく。

「生地に穴ができるので、フライパンをゆらし塞いでいきます。厚さが均等になるよう気を付けて……ヘラで生地を持ち上げひっくり返します」

「まぁ!!」

ナタリー様が小さく声を上げた。

初めて見る動きに驚いているようだ。

「あとは、裏が焼けるまで少し待って、フライパンからおろせば完了です」

皿へと、ヘラで持ち上げクレープを滑り落とす。

焼き色のついた薄い生地に、二人は興味津々のようだった。

「すごいわ。こうやって、美味しい料理が作られているのね……」

「お見事です。色も匂いも、とても美味しそうです」

「ふふ、ありがとう。それじゃさっそく、お二人も作ってみましょうか」

「……できるでしょうか?」

「自信、無いわね……」

戸惑いつつも、二人ともそわそわしている。

自分でやってみたいようだ。

「最初から、上手くいかなくても大丈夫ですわ。生地が綺麗に焼けなくても使いようがありますから、失敗を恐れず焼いてみてください」

「……そこまで言われたら、やってみないとね」

ずずい、っと。

ケイト様がフライパンの前に出る。

その姿を、ナタリー様が応援するように見守っていた。

フライパンを左手に、おたまを右手に。

ケイト様が油を引き、生地を流し入れていった。

「生地がボタッと落ちて……‼」

「お、落ち着いてください‼　おたまを傾けすぎたと思います‼」

咄嗟に飛び出したナタリー様の助言に、ケイト様がおたまを動かした。

少し多めに生地が落ちたけど、まだリカバリー可能だ。

「ケイト様、フライパンを傾けて、生地を均等にしてください」

「均等に？　こうかしら？」

「そうそう、そんな感じで。お上手です」

ケイト様は照れつつ、先ほどの私の真似をして生地を焼いていった。

「裏返す時、生地が破れてしまったわ……」

「破れたのは端っこです。初回にしては上手に焼けていますよ。次は、ナタリー様がやってみましょうか？」

「……よろしく、お願いいたします」

ナタリー様が、カチコチと硬い動きでフライパンを手に取る。

わかりやすく緊張した動きに、ケイト様が小さく笑った。

「ふふ、そんな硬くならなくてもいいわよ。ずいっと生地をすくって、トロッと注げばいいわ‼」

「ずいっと、トロッと……」

ケイト様が、さっそく経験者として語りだす。

ナタリー様は助言に頷くと、おたまに手を伸ばしたのだった。

◇◇◇

「うぅ……。あっという間に追い抜かれてしまったわ……」

並べられたクレープ生地を前に、ケイト様が呟いた。

それぞれ十枚ずつ、クレープ生地を焼いたところだ。ケイト様のクレープ生地は一枚綺麗なものがあるだけで、残りはどこかしら破れてしまっていた。

「ナタリー様、私と同じ初心者なのに、どうしてそんなに上手なのよ……?」

「レティーシア様と、ケイト様のおかげです」

はにかむナタリー様の前にあるクレープ生地は、十枚中四枚が破れもなく仕上がっている。

最初、おたまを握る手もおっかなびっくりだったナタリー様だったけど、途中でコツを掴《つか》んだようだ。

「レティーシア様の真似をし、ケイト様の助言を取り入れ、ずいっとトロッとやったら、上手くいきました」

「ずいっとトロっと……。私だって、同じようにやってるはずなのに……」

……器用さの違いだろうなぁ。

ケイト様も、初心者にしては上手な方だけど、ナタリー様は更に器用だった。

細やかな神経が、料理にも発揮されているようだ。

おたまを持ち悩むケイト様に、ナタリー様が手を伸ばした。

「あの、いいでしょうか？　おたまは、こうやって持った方がやりやすいと思います」

「なになに？　中指をこっちに持ってくるの？」

ケイト様の指に触れながら、ナタリー様が助言をしていた。

二人とも、徐々に打ち解けてきたようだ。

楽しそうにしていたケイト様だったけど、皿に乗せられたクレープ生地を前に、再び難しい顔をしている。

「ナタリー様のおかげで、おたまの握り方はわかったけれど……。もう焼いちゃった生地は、破れているのがほとんどなのよね。従者達に見られたら、微妙な顔をされそうだわ」

「心配ありません。こうすれば、見栄えが良くなります」

ルシアンがタイミング良く、用意しておいた食材を持ってきてくれた。

私は自分で焼いたクレープ生地を、皿へと一枚広げた。

その上にクリームを乗せ、平らになるよう塗っていく。

クレープ、クリーム、クレープ、クリーム、クレープ……。

重ねられ層になっていく様子を、ナタリー様がじっと見守っている。

七枚目のクレープの上には、クリームの代わりに薄く苺ジャムを塗っておく。

後でいっちゃんにも、わけてあげるつもりだった。

「最後に一番綺麗に焼けたクレープを重ねて……ミルクレープの完成です」

「まぁ！　かわいらしい響きのお菓子ですね」

「横から見ると、縞《しま》模様に見えていいわね」

どうやらケイト様は、ミルクレープの見た目がお気に入りのようだ。

上機嫌で、かぎ尻尾がぴこぴこと揺れていた。

「ケイト様は、縞模様がお好きなんですか？」

「ええ、好きよ。私の伴獣の尻尾を思い出すもの」

「‼　ケイト様の伴獣の猫は、しましま尻尾なんですね‼」

ナタリー様が食いついた。

もふもふ好きの血が騒いだようだ。

ナタリー様の勢いに、ケイト様が目をぱちくりし笑った。

「ナタリー様、猫がお好きなの？」

「好きです。大好きです。ぜひ撫でてみたいです」

「私の伴獣を？　私はいいけど、あの子、気まぐれなのよね。今日だって、私についてくることもなくのんびりと、私の離宮で日向ぼっこしているわ、猫のお手本みたいな性格をしているもの」

言いつつ、ケイト様も満更ではなさそうだ。

獣人は、伴獣を家族同然に大切に扱っている。

そんな伴獣に興味を持たれ、悪い気はしないようだ。

きゃいきゃいわいわいと。

ケイト様の伴獣の話で盛り上がった後、ミルクレープ作りをしてもらった。

クレープ生地が破れていても、クリームを塗ればわかりにくくなる。

二人の分は、初心者ということでジャムは使わず、クリームのみを塗っていく。

順番に重ね、破れの無いクレープを一番上に乗せ、形を整えたら完成だ。

出来上がったミルクレープに、二人は軽く感動していた。

「あの、破れたクレープがこんな立派なケーキに……‼」

「やったわ！　私達、やり遂げたわよ‼　さっそく切って食べなきゃ‼」

「ふふ、待ってください。ミルクレープはお土産用です。まずは、残しておいたクレープ生地を食べましょう」

一人十枚焼いたクレープ生地のうち、ミルクレープに使ったのは八枚だ。

残りのクレープ二枚は、この場で食べる用だった。

二人がミルクレープ作りに熱中していた間に、ルシアンが追加の食材を並べてくれている。

艶々と光るオレンジに、ころんとしたブルーベリーといった果物に生クリームにはちみつ、各種ジャムにクッキーを小さく刻んだもの。

それら甘味に加え、スライスしたゆで卵やソーセージ、葉野菜なども取り揃えてあった。

今回は並べられた具材から数種類選び、クレープ生地の上へと乗せていく形式だ。

この国では、皿にクレープ生地と具材を盛りつけるのが一般的。

日本でよく見かけた、紙が巻かれた食べ歩きのできるタイプは広まっていないようだった。

「杏《あんず》の砂糖漬けに、クリーム、あと何を加えようかしら……」

「クッキーを砕いたものはどうでしょうか？」

ナタリー様とケイト様が、どれにしようかと相談している。

具材の選択も、料理の楽しさの一つだ。

ナタリー様も自分の考えを口に出していて、先ほどよりずっと態度が砕けていた。

こっちはどう？

いや、あれも捨てがたい……。

三人で楽しく迷いながら、クレープ生地の上に具材を盛っていく。

私はクリームとジャム、その上にクッキーを散らした王道の組み合わせで、ケイト様のクレープ生地には二枚とも、好物の杏の砂糖漬けがたっぷりと乗せられている。ナタリー様は甘いジャムを中心にしたものと、ソーセージを乗せたものを一枚ずつとバランス派だ。

三者三様、具材の選択に好みや性格が現れ面白かった。

それぞれの皿を眺めると、フォークを手に口へ運んでいく。

「クレープがもちっとしてていいわね」

「ソーセージを乗せたのは初めてでしたが、塩気があって美味しいです」

二人とも満足げに、クレープを切り分け食べていた。

自分で作り、具材を選んだものだと思うと、より美味しく感じるようだ。

「ふぅ、美味しかったわ……。作っている途中はドキドキして大変だったけど、やってみて良かったわ」

「私もです。レティーシア様が料理をお好きな理由が、わかったような気がします」

「満足してもらえて嬉しいですわ。良かったら今度また一緒に、料理を作ってみますか？」

「よろしく頼むわ‼」

「……私もお願いします」

二人の返答に、私は微笑んだ。

今日一日でだいぶ打ち解け、ぎこちなさは薄らいでいる。

二人とも、お互いに仲良くしたいと思っていて、それを料理作りが手助けできたようだ。

お菓子作りを介した、ほんの些細《ささい》な交流だけど。

お妃候補として対立していた二人の関係が、変わり始めたようだった。

◇◇◇

「レティーシア様、本日はありがとうございました。また近日、お邪魔させてもらいますね」

「私も私も！　今日は楽しかったわ！　今度もよろしくお願いね‼」

ナタリー様は礼儀正しく上品に。

ケイト様ははきはきと明るく。

それぞれ別れの言葉を告げ、和やかな雰囲気で帰っていった。

馬車が見えなくなるまで見送り、笑顔で離宮の中へ戻っていく。

気分よく自室へと入ると、いっちゃんが窓辺で眠っていた。

いっちゃんは最近、私の部屋で昼寝をしている。レレナの連れてきた黒猫、メランに昼寝を邪魔されないためだ。

いっちゃんはぴくぴくと鼻を動かすと、

「にゃうっ⁉」

くわりと目を見開いた。

『苺の香り⁉　寝てる場合じゃないっ‼』

と言わんばかりに、爛々《らんらん》と瞳を輝かせている。

「ほら、いっちゃん。苺ジャムを使ったミルクレープよ」

「にゃっ‼」

ミルクレープを運んできたルシアンへ、一直線に向かういっちゃん。

「猫まっしぐら……！」

いっちゃんを愛《め》でつつ、ルシアンの整えてくれたテーブルへと着席する。

切り分けられたミルクレープを、いっちゃんが涎《よだれ》を垂らさんばかりに見ていた。

綺麗に層を成したミルクレープに、勢いよくフォークを突き刺している。

「うみゃうみゃ、うみゃうにゃ〜〜〜〜」

目を細め、いっちゃんがほっぺを動かした。

一口食べるごとに頷く姿はまるで、

『これはいい苺スイーツ。満足満足、大満足‼』

と感想を述べる人間のようだった。

いっちゃん、私とよく苺料理を食べるせいか、リアクションが人間じみてきた気がする。

苺料理には、なみなみならない興味と情熱を持っているのがいっちゃんだ。

このままいけばいつか、苺料理の感想を人間の言葉でしゃべるんじゃないだろうか？

……なんて与太話を考えながら、私もミルクレープを口に運んだ。

ふわりと、優しい香りが鼻をくすぐる。

香りを嗅ぐと、それだけで心が浮き立つのがわかる。

クレープの食感と滑らかなクリームの層が順番に、舌先を楽しませていった。

「何枚ものクレープを、歯で破いていく食感がいいのよね～」

卵の優しい甘さに、苺ジャムの甘酸っぱさが弾《はじ》けるようだった。

目を細め、しっとりとしたクレープを味わっていると、

「にゃっ‼」

いっちゃんが、何も刺さっていないフォークを掲げた。自分の分を食べ終わったようだ。いそいそと、まだ切り分けられていないミルクレープに手を伸ばしている。

「駄目です。夕飯が食べられなくなりますよ」

ルシアンが素早く、皿ごとミルクレープを持ち上げた。

「うにゃにゃにゃ～～～」

「いっちゃん、ステイステイ」

恨めしそうに鳴くいっちゃんの猫パンチを止めながら、私もミルクレープを完食したのだった。

◇　◇　◇

離宮の前庭にいる私の視線の先で、茶色い耳が揺れている。

少し赤味がかった、明るい茶色の毛に包まれた。

ぴんと立った三角の、肉厚のお耳だった。

「ジロー……」

つい、呟きが漏れてしまった。

ふさふさとした茶色の、柴犬《しば》のジローにそっくりなその耳。

ジローでないとわかっていても、つい視線が追ってしまった。

「レティーシア様？」

ジローの耳のそっくりさん……もといキースが、いぶかしげに声をかけてきた。

犬耳と尻尾を持つ、若い獣人の騎士だ。

キースは同僚と交替で、この離宮の警備を任されている。

私が前庭で狼達を待つ間、時折会話を交わす間柄だった。

「ぼんやりされて、どうなされたのですか？」

「……キースは今日も、この離宮を守ってくれて頼りになると、そう思っていたのよ」

「‼　ありがとうございますっ‼」

ぶんぶんと、キースの尻尾がふられた。

ジローと違い、その尻尾はまっすぐだ。

キースの性格もまたまっすぐで、くるくると表情の変わる明るい騎士だった。

「槍《やり》の腕には自信があります‼　どんな敵が来ようと、必ずお守りして見せますよ」

「わっ‼　すごいのね‼」

鋭く風を切り、槍が縦へ横へと回される。

槍の先端は、私の目では到底追いきれない速さだった。

「まだまだ‼　俺の槍はこんなものじゃないですよ‼」

更に速く嵐のように、槍がしなり振り回された。

巻き上がる風圧に、ふわりと髪が舞い上がる。

人より身体能力の優れた獣人の、その中でもキースは精鋭だ。

髪を押さえ感心していると、

「ぐるぅぅぅぅぅぅぅ」

不機嫌そうな低い鳴き声。

ぐー様だ。

前庭につながる森から姿を現し、うなりながらキースを見ている。

「殺気⁉」

びくりと、キースが身を震わせる。

槍を強く握りしめ、緊張しているようだ。

「……あぁ、びっくりした。ぐー様でしたか。今日もすごい迫力ですね。本当にただの狼ですか？」

「……それは、私も疑問ね」

キースの言葉にのっかると、ぷいとぐー様に顔をそらされてしまった。

……怪しい。

ぐー様はどうも、人間の言葉を理解している節がある。

偶然かもしれないが、いつも反応が絶妙だった。

「ぐー様、狼基準だとＩＱ２００とかあるんじゃ……？」

「ぐるぅ？」

『あいきゅー？　なんだそれは、もしや食材か何かの名前か？』

とでも言うように、ぐー様が首を傾げた。

こちらへと近寄り、ふんふんと匂いを嗅いでくる。

「悪いけど今日は、食べ物は持ってないのよ。そんなお腹空いてるの？」

迫ってくる、黒い鼻先を見ながら呟くと、

『違う。そうじゃない。そこまで食い意地は張っていないからな？』

と、抗議するように、ぐー様が鼻を鳴らした。

「じゃあぐー様、どうしたの？　さっきはキースを気にしていたようだけど……」

「ぐるぅぅ……」

『別に気にしてなんていないぞ』

そう答えるように、ぐー様がキースから顔を背けた。

興味などないとアピールしているようだけど……。

体は正直だ。

ぴくりぴくり、と。銀色の耳がキースの方へと向けられていた。

「う〜〜ん、俺、嫌われてるんですかね？」

「キースの持っている槍が怖い、とか？」

「それは違う気がします。他の騎士に対しては、無関心なんですよね？」

「確かに……」

謎だ。

お互い初対面の時は、特別な反応は無かったはずだけど……。

時々ぐー様はキースに対し、妙な威圧感を発している時があった。

キースと二人首を傾げていると、もこもことした白い犬がやってくる。

サモエド犬に似た、エドガーの伴獣のサナだ。尻尾をふりふり、こちらへと駆け寄ってきた。

「わふっ‼」

今日もサナはかわいらしい。

口角の上がった口が、まるで笑っているような顔をしている。

綿あめのように真っ白な体で、私の周りを歩き回るサナ。黒い瞳がキラキラと、期待を込めてこちらを見上げてきた。

「サナ、いらっしゃい。今日も会えて嬉しいわ」

「くぅぅ〜〜っ」

掌で、サナの頭を撫でてやる。

頭のてっぺん、耳と耳の間を掴みマッサージ。

サナの口の黒い部分が、うにーっと横へと伸びていく。

気持ちいい時、喜んでいる時のサナの癖だ。

「こんにちは、レティーシア様。それにキースさんも、お勤めご苦労様です」

「おぅ。エドガーも、狼達の世話頑張ってるな」

狼達を連れたエドガーが、キースと挨拶を交わしている。

人間相手には挙動不審になりがちなエドガーも、獣人で同性であるキースは大丈夫なようだ。

物おじしないキースに釣られ、仲良くしているようだった。

「あ、今日はぐー様もいますね。やっぱり、ここに来てたんですね」

「……やっぱり？」

「狼達を連れてここに来る途中で、ぐー様に追い越されたんですよ。素早く風のように、こちらに向かっていましたよ」

「ぐー様、そんなに急いでここへやってきたの？　もしかして、私に早く会いたいって思ってくれたの？」

「……」

問いかけるも、ぐー様は黙り込んだままだ。

顔は背けられ、頑《かたく》なにこちらを見まいとするようだ。

よくわからない狼だなぁ、と思いつつ。

やってきた他の狼達と遊び始める。

　一頭一頭、それぞれの好きな場所をもふもふと撫でていった。

「きゅうぅ……」

　わしわしと少し強めに、体の横を撫でてやった。

　すると狼は体をくねらせ、草の上へと体を倒していく。

　腹を上にし、じっとこちらを見つめていた。

「よーしよし、いい子いい子～～～！」

「わふふっ‼」

　腹を撫でまわす。

　ほわほわ、さわさわ。

　背中側より柔らかく、色が薄い毛が手をくすぐった。

　狼は夏毛だが、それでも結構な量の毛が生えている。

　毛の流れに沿い、そして時には逆立てるようにして。思う存分もふもふすると、狼がうっとりしていた。目を閉じぐねぐねと、体をこすりつけてくる。

　腹を見せるのは信頼の証《あかし》。

　甘えてくる狼に、愛《いと》おしさがこみあげてきた。

　狼と一緒にうっとりとしていると、

「ぐー様、何してるんですか？」

　キースの声が聞こえた。

「花……？」

赤に紫、白に黄色、そしてピンク。

初夏の草原には、たくさんの野草が咲き揺れている。

色とりどりの野の花を前に、ぐー様がじっと見つめていた。

「ぐー様、花が好きだったの？」

近づき話しかけると、ぐー様がこちらを見つめた。

「……」

少しだけ、緊張してしまった。

青にも碧にも見える瞳が、綺麗で鋭く優しくて。

同じ色の瞳の陛下を思い出し、面影が重なりそうになってしまって。

目を離せないでいると、ぐー様の瞳が細められた。ふっと息を吐き、まるで人間のように笑った……ような気がする。

「……ぐー様？」

「ぐぅぅ……」

ぐー様が頷いている。

そして何かを確認するように、私と野の花を交互に見つめた。

妙に熱心な様子のぐー様は、もしかしたら。

「その花を食べたくて、私に料理して欲しいの……？」

「がうっ‼」

『失礼な‼』

と言うようにぐー様は鳴くと、

『花を前にして料理を連想するとは、おまえは本当に、色気より食い気なのだな……』

と言わんばかりに、呆《あき》れた様子を見せた。

ぐー様、熱心に花を眺めているし、もしかして乙女心を搭載した狼なのだろうか？

「……そうね。だったら……。ぐー様、ちょっと待っててね」

しゃがみこみ、草むらに手を突っ込む。

手早く野草を集め、するすると茎を編んでいった。

「よし‼　完成っ‼」

「ぐぅ？」

花冠だ。

水色の花を中心に、少し歪《いびつ》な円形だけど、花冠を編み上げることができた。

ぐー様の頭の上に乗せてやると、ちょうどいい大きさだった。

耳に引っ掛けるようにして、銀色の毛並みの上に、緑と水色の冠が揺れている。

「どう、ぐー様？　気に入ってもらえたかしら？　冠を被《かぶ》ってると、まるで狼の王様みたいね」

「ぐぅ……」

『ある意味しっくりするが、別に私は、花冠が欲しいわけではなくてな……』

と、まるで人間のように複雑な表情を見せるぐー様の周りに、狼達が集まってくる。

狼達は花冠を見つめると、私を見上げ尻尾を振り始めた。

「……あなた達も、花冠を作って欲しいの？」

「わふっ‼」「がうっ‼」

我先にと、キラキラした目で鳴いてくる狼達に。

私は一頭一頭、花冠を作ることになったのだった。

◇　◇　◇

「花冠、か……」

人の姿に戻ったグレンリードは、花冠を机の上へと置いた。

レティーシアにお土産にと渡され、なんとなく断りづらく、自室まで持ち帰ってしまったのだ。

（王として、冠ならば被り慣れているが……）

ささやかな好意のこめられた花冠。

簡素で、素朴で、軽やかで。

狼の姿の時であれば花冠を被り、レティーシアを喜ばせてやるのも悪くない、と。

そう思ったグレンリードなのだった。

ぐー様に花冠を作ってあげた、その翌々日のことだ。

「次の陛下の元への訪問の際、料理はいらないのですか？」

「はい。準備していただかなくても大丈夫です」

陛下の名代として訪れた、メルヴィンさんがそう告げた。

前回の訪問ではジャムクッキーと一緒に、ジルバートさんと作った、自慢のローストビーフも献上していたのだけど……。

口に合わなかったのだろうか？

微笑みを浮かべつつも、内心しゅんとしてしまった。

「ご心配なさらず。ローストビーフ、陛下はたいそうお気に入りでしたよ。毒見に回した分以外、全てお一人で食べられてしまいました。私も相伴にあずかれず残念でしたよ」

ほっとする。

メルヴィンさん、鋭くて優しいなぁ。

表情には出していないつもりだけど、気遣われてしまった。

「嬉しいお言葉をありがとうございます。よろしかったら今度、メルヴィンさんにもローストビーフをお届けしましょうか？」

「ふふ、大変嬉しい申し出ですが、辞退しておきますね」

メルヴィンさんはからかうような笑みを浮かべ、

「……私がレティーシア様から料理を受け取ったら、陛下に嫉妬されそうですから」

何やら小声で呟いた。

「メルヴィンさん？」

「お気になさらず。……それで次回の訪問ですが、陛下の食堂で料理を献上するのではなく、薔《ば》薇《ら》園に来ていただきたいのです」

「薔薇園……。王族の方専用の、ですか？」

四代ほど前のこの国の王妃は、大層な薔薇好きだったらしい。

各地から薔薇を取り寄せ、丹念に庭師に育てさせていたそうだ。

彼女が王城に作った薔薇園はこの国で一、二を争う株数と華やかさらしいが、普段は王族と庭師しか入れなかった。

大切に育てられた薔薇は、夏にかけて満開を迎えるところだ。

そんな花の盛りに一日だけ、国の主要な人間を招き薔薇園が開放される、『薔薇の集い』という行事があった。

「王妃であるレティーシア様は、薔薇園に入る資格がございます。今年の『薔薇の集い』にもご出席いただく予定ですので、現地へ事前に赴き、陛下と打ち合わせをなさっていただきたいのです」

「わかりました。喜んで、お受けしたいと思います」

薔薇は好きだ。

私の実家、グラムウェル公爵家の家紋が薔薇なこともあり、薔薇に触れる機会が多かった。

実家の屋敷の薔薇園でお兄様達とかくれんぼをして、途中から二番目のお兄様がガチになって、魔術剣術なんでもありの乱闘かくれんぼになって……庭師に大怒られした思い出もある。

お兄様達、元気にしているかなぁ。

あのお兄様達だから大丈夫だと思うけど、やっぱり寂しかった。

またいつか実家の薔薇園で、一緒にお菓子を食べてみたいな。

「……あの、メルヴィンさん、一つお聞きしたいのですが」

「なんでしょうか?」

「薔薇園の中に、あずまややベンチなどはありますか？　良かったらそちらに腰かけて、お菓子や軽食などを、陛下と食べられたらと思うのですが」

外に出たついでにお菓子を食べるのは、忙しい陛下の気分転換にもなるはずだ。

梅雨のある日本と違い、こちらの夏の初めはからりとしている。

爽やかな風を受けながらお菓子を食べるのは、陛下にとって新鮮なはずだ。

「確か、ちょっとしたテーブルセットがあったと思います。お菓子を持ってきていただけたら、きっと陛下も喜ばれますね」

「では、軽くつまめるものをお持ちしますね。お菓子と紅茶、カトラリーの他に、何か準備するものはありますか？」

「そうですね……。では、まずこちらを受け取り開けてください」

ミントグリーンの化粧箱を開ける。

「これは薔薇……いえ、髪飾り？」

一瞬、生花と見まがうような。

薄い花弁を重ねた、薔薇を模した可憐《かれん》な髪飾りだ。

淡いピンクの布に朝露のような真珠の粒が光り、リボンと白いレースで飾られている。

「陛下からの贈りものです。薔薇園に入る際には、管理者である王から贈られた、薔薇を象《かたど》った小物を身に着けるしきたりがあります」

「ありがとうございます。こちらの髪飾りにあうドレスで、赴かせてもらいますね」

「お願いいたします。陛下もきっと、喜ばれると思います。レティーシア様に贈る薔薇の色について、悩んでいらっしゃったようですから」

「……陛下自ら、選んでくださったんですね」

鼓動が少し速くなる。

前回陛下にお会いした時、悩んでいる様子や、髪飾りについての話題は無かったけれど。

私に似合うようにと選んでくれた。その心遣いが嬉しかった。

メルヴィンさんを送り出し、さっそく準備にとりかかることにする。

初夏、咲き誇る薔薇、明るい陽光と風に包まれた薔薇園。

どんなお菓子とドレスにしようかと、うきうきと選ぶ私だった。

◇　◇　◇

当日はこの国の初夏らしく、気持ちがいい快晴だった。

馬車を降りた私に、爽やかな陽《ひ》の光が降り注いだ。

「グレンリード陛下、御機嫌よう。本日は薔薇園に招いていただき、光栄に思いますわ」

ドレスをつまみ一礼。

今日の私は耳の上に挿した薔薇の髪飾りと合わせた、淡いピンクと白のドレス姿だ。

首には白レースで飾られた、ドレスと共布《ともぎれ》のチョーカーが巻かれている。胸元にはリボンが揺れ、胴体正面にリボンの編み上げを見せるデザインだ。肩はパフスリーブで、二の腕を包む布地が肘の先で広がり、可憐なレースが何重にも重ねられた姫袖になっている。きゅっと締まったデザインの腰からはスカートが、薔薇を伏せたかのようにふんわりと広がっていた。

裾を乱さないよう気を付け礼をしたが、陛下の反応が無いようだ。

「……陛下？」

「……あぁ、よく来てくれた。歓迎しよう」

陛下の瞳が、すいと細められた。

形良い唇が、小さく動いているようだ。

「……な…………」

「？　何でしょうか？」

私の問いかけに対する陛下のお言葉は、

「髪飾りとドレス、よく似合って――」

「にゃぁっ‼」

聞き慣れた鳴き声に、かき消されてしまった。

「いっちゃん⁉」

声がした方を振り返った。

箱型の馬車の上に、お馴染みのグレーの毛皮が見える。

屋根に乗って、ここまでついてきたようだ。

「どうして、ここへやってきたの？」

「にゃっ‼」

屋根から飛び降りたいっちゃんが陛下のいる方、薔薇園の近くへと寄っていく。

いっちゃんは庭師猫だ。

苺大好きな姿が印象深いけど、庭師猫は植物と密接にかかわる幻獣だった。

通常、王族以外は入れない薔薇園に、興味がわいたのかもしれない。

「……こいつは……」

「以前お話しした、私の離宮に住む庭師猫のいっちゃんですが……」

いっちゃんは陛下を恐れることも無く、じっと薔薇園を見ている。

珍しい。

庭師猫は乱獲された歴史があり、いっちゃんもそのせいか、初対面の人間は警戒する性質《たち》だ。

人間相手にはもちろん、狼のぐー様に対しても、最初は様子見をしていた。

いっちゃんが初めから近寄るのは、相手が苺料理を持っている時くらいのはずだ。

「もしや陛下はどこかで、いっちゃんとお会いになったことがおありですか？」

「……いいや、初対面だ」

私から視線をそらすように、陛下がいっちゃんを見る。

するといっちゃんが陛下へと、挨拶するようににゃあと鳴き声を上げた。

「……陛下といっちゃん、仲が良さそうですね」

陛下、ヘイルートさんとは真逆の、動物に好かれやすい性質なのかも？

……猫をかわいがる陛下を想像してみるが、陛下の顔はいつも通りの真顔だった。

それともあるいは、犬猫を前にした時は陛下も、表情を崩すのだろうか？

気になって見ていると、陛下がいっちゃんへと口を開いた。

「薔薇園の中へ入りたいのか？」

「にゃにゃっ‼」

「そうか。ならば少し待っていろ」

「……いっちゃんも入ってよろしいのですか？」

「そいつが苺を育ててくれたんだろう？　その礼のようなものだ」

陛下、優しいな。

猫や、もふもふした生き物がお好きなのかもしれない。シンパシーを感じていると、陛下が薔薇園の入口に向かい、すぐに一輪の薔薇を手に戻ってきた。

「レティーシア、ハンカチやリボンなどを持ってるか？」

「こちらに」

ドレスの隠しから、ドレスの飾りが落ちてしまった時用のリボンを取り出す。

「薔薇園に入るには、私の送った薔薇の小物が必要だ。代わりにその薔薇を、庭師猫の首につけてやれ」

「ありがとうございます。……いっちゃん、少しじっとしててね」

ルシアンがいっちゃんの首にリボンを巻き、ピンクの薔薇の蔓《つる》を絡め飾った。

「ふふ、よりかわいくなったわね」

「にゃう？」

偶然の組み合わせだけど、意外に薔薇は似合っていた。

元・野良猫（のようなもの）だったいっちゃんが、一気に上品な雰囲気に様変わりだ。

薔薇の力ってすごいな、と思いつつ。

陛下と一緒に、薔薇園の入口へ進んでいく。

薔薇園は外周を生垣で囲まれていて、入り口には衛兵が立っていた。

真鍮《しんちゅう》の門を抜けるとそこには、

「わぁ……‼」

花弁を広げる薔薇と、ただよう甘い香り。

青空の下に、一面の薔薇が咲き誇っていた。

優しいピンク。透けるような白色。

上質なベルベットを思わせる赤薔薇に、淡く紫に色づく蔓薔薇。

こぼれ落ちるような大輪の、美しく幻想的な薔薇の数々だった。

「見事ですね。とても美しいです」

「にゃっ‼」

私の言葉に頷くように、いっちゃんが鳴き声を上げていた。

ひくひくと鼻を動かしながら、順番に薔薇を見て回っているようだ。

尻尾が揺れ、楽しそうにするいっちゃんに続くように、薔薇の間を歩いて行く。

芳《かぐわ》しい香りに包まれた、素敵な薔薇園だった。

小路には薔薇のアーチがかけられ、時折花弁が降ってくる。

植えられている薔薇の解説や、『薔薇の集い』について陛下の説明を受けながら歩いていると、小さなテーブルセットを見つけた。

白く塗られた小さな丸テーブルに、三脚の椅子が置かれている。

周囲に咲く薄紅の薔薇と蔦の緑に、よく馴染むテーブルセットだった。

「陛下、あそこでお茶にしましょうか」

「あぁ、そうしよう」

持ってきた小ぶりなバスケットを開け、手早く準備していく。

『整錬』で作った魔法瓶から紅茶を注ぎ、お菓子を並べていった。

準備を終え着席すると、いっちゃんも余った椅子へと、ちょこんと座って待っていた。

「陛下、今日は手でつまめるお菓子を並べさせていただきました。どれでもお好きなものから、どうぞ召し上がってくださいませ」

「……まずは、こちらからいただこうか」

陛下が手にしたのは、ころんとした形のマカロンだ。

早摘みのブルーベリーが使われていて、ほんのりとした紫色をしている。

「‼　これは、不思議な食感だな……。おもしろい」

一口大のマカロンが、陛下の口の中へと消えていく。

初めはサックリと、でも中はしっとりしていて、口の中で溶けていくような独特な食感。

間に挟まれたクリームも滑らかに、ブルーベリーの香りを伝えてくるマカロンだ。

「にゃっ‼」

いっちゃんもさっそく、マカロンを手に取っている。

選んだのはもちろん、苺味のマカロンだ。

ピンクのマカロンへ、小さな口でかぶりつくいっちゃん。幸せそうな顔であっという間に食べ終えると、次の苺マカロンへ肉球を伸ばしていった。

「……いっちゃん、もしかして……」

薔薇園へついてきたの、マカロンがメインの目的だったり？

ここへ来る前に、いっちゃん用の苺マカロンをあげたけど、まだ食べ足りなかったのかもしれない。

「ふふ、いっちゃんも私と同じで、色気より食い気なのかしら？」

「……庭師猫に対し、いきなり何を言っているのだ？」

マカロンを食べる手を止め、陛下がこちらへ尋ねてきた。

「いえ、ついこの間、離宮にくる銀の狼に『おまえは本当に、色気より食い気なのだな』と言うような顔で見られたのを、ふと思い出したんです」

「……そうか」

陛下は頷くと、

「……こいつ、狼の時の私の表情を、そこまで正確に読み取れていたのか。侮れん……」

何やら小声で呟いていた。

気になるが、陛下は既に、次のマカロンを食べ始めている。

私も陛下と一緒に、並べられたお菓子を口にすることにした。

ピンクにオフホワイト、紫にミントグリーン、淡いレモンイエロー。

カラフルでころんとした、それぞれフレーバーの違うマカロン。

ふっくらと香る、きつね色に焼き上がったマドレーヌ。一口大のフルーツタルトに、紅茶を混ぜた渦巻模様のクッキー。軽くコリコリとつまめるナッツ類。

手掴みで食べられるお菓子を、甘いものを中心に用意してある。

たくさん種類を揃えたのは、陛下の好みが、まだよくわからなかったから。

幸い陛下は次々と、お菓子を味わってくれている。

陛下の長い指がまた一つ。

マカロンをつまみ、口元へと運んだ。唇が開かれ、マカロンが消えていく様子を見守る。

「……うむ。こちらの白いマカロンもいけるな。甘いが、甘すぎないような……」

「バタークリームに、塩でアクセントを加えてあります。少量の塩を加えることで、より甘さが引き立つんです。お気に入りいただけましたか？」

「あぁ」

陛下のお言葉は短くて。

けど、そのそっけない反応も、マカロンを味わうのに気を取られているからかもしれない。

わずかに細められた碧の瞳は、小さな変化だからこそ、つい見入ってしまった。

……嬉しい。

美味しそうにお菓子を食べてくれて。

ほんの少しだけど表情を緩めてくれて。

そんな陛下を近くで見ていられることで、胸が騒がしくなっていく。

「……」

落ち着かなくて、マドレーヌへと手を伸ばした。

香り高いバターが、口の中へと広がっていく。生地はしっとりとしつつも軽く、やわらかく甘く崩れていった。

うん、美味しい。

自画自賛してしまう。

バターと小麦粉の甘さは、幸せを運んでくれる魔法だ。

ついもう一個、と。手が伸びる美味しさだった。

間に紅茶をはさめば、いくらでも食べてしまえそうで――

「レティーシア」

「ごほほっ‼」

むせた。せきこんでしまった。

マドレーヌの欠片《かけら》が喉に張り付く。

飲み食いに気を取られ、陛下の声に驚いてしまった。

「いきなり声をかけ、悪かったな」

「いえ、失礼しました。今、陛下は、なんと仰ろうと？」

「おまえの紅茶のカップに、薔薇の花びらが入っている」

「あら、ありがとうございます」

一枚の花びらが、紅茶にさざ波を起こしている。

少し行儀は悪いけど、つまんでよけることにして――

「えっ？」

花びらへと伸ばした私の手が。

陛下に強く、握られていた。

「……陛下？」

どうしたのだろう？

指に当たる、固く滑らかな皮膚の感触。

やや骨ばった長い指が。

陛下の指が私の手を捕らえ、放さないのだった。

◇◇◇

その日、レティーシアが薔薇園に現れた時。

グレンリードは視線を奪われてしまった。

「グレンリード陛下、御機嫌よう。本日は薔薇園に招いていただき、光栄に思いますわ」

礼にあわせ、ふわりと舞う金の髪。

そこに咲く薔薇飾りは淡いピンク。ドレスの色合いも甘く上品に、華奢《きゃしゃ》な体を包み込んでいる。

礼を終えたレティーシアが顔を上げ、まっすぐにグレンリードを見た。

紫の瞳は明るく、紫水晶《アメジスト》のように煌《きら》めいている。

白い肌に、ほんのりと薔薇色の唇。

薔薇の髪飾りが映え、とても美しいと――

「……陛下？」

「……あぁ、よく来てくれた。歓迎しよう」

挨拶を返しつつも、レティーシアから目が離せなかった。

彼女の姿を瞳の中に閉じ込めるかのように、グレンリードは目を細めた。

どの色の薔薇飾りを贈るか悩み、政務の合間を縫ってわざわざ、銀狼に化けて色を見繕いに行ったが……。

（おかげで予想通り、いや、予想以上に……）

グレンリードの唇が、ひとりでに動いていく。

「…………な…………」

「？　何でしょうか？」

「髪飾りとドレス、よく似合って――」

「にゃぁっ!!」

はっとした。

声をした方を見ると、グレンリードも知る庭師猫の姿があった。

（こいつもよくわからない猫だ……）

レティーシアと会話（らしきもの）を繰り広げる庭師猫に、グレンリードは軽く脱力した。

狼の姿でレティーシアの離宮に赴いた時、何度もこの庭師猫と会ったことがあるとはいえ、人間の姿で顔を合わせるのは初めてのはずなのだが……。

（……こいつ、私の正体に気づいている……？）

庭師猫はグレンリードに近寄り、にゃあと鳴き声を上げた。

見上げてくる瞳が、何を言おうとしているのかはわからなくとも。

ある種の気安さ、慣れがあるのは間違いなかった。

「薔薇園の中へ入りたいのか？」

「にゃにゃっ‼」

『その通り』

と言わんばかりの顔で、匂いで、庭師猫がじっと見てくる。

庭師猫の言葉はわからなくとも、グレンリードには特別な鼻がある。

言葉が通じない相手でも、ある程度の意思の疎通は可能だった。

（ここで追い返すわけにも、いかないだろうな……）

庭師猫がグレンリードの正体に感づいているのなら。

うっかり機嫌を損ねると、レティーシアにグレンリードの秘密をバラしてしまうかもしれない。

その気になれば、庭師猫一匹程度、排除するのは簡単だとしても。

この庭師猫は、レティーシアがとてもかわいがっている。

グレンリードとしても、狼の姿の時、気安く背中に上ってくる庭師猫の軽い体を、それなりに気に入っているのだった。

(猫は時に、国王より強い生き物だからな……)

小さく頷き、庭師猫に許可を出してやる。

するとレティーシアが驚き、そして。

(笑った……)

人の姿のグレンリードの前では珍しい、柔らかな微笑み。

(なぜ、今、そのような表情を私へ向ける？)

わからなかったけれど。

グレンリードは自らの表情を感情を隠すように、踵《きびす》を返し薔薇園に向かった。

レティーシアと、首元に薔薇を飾った庭師猫と共に。

咲き誇る薔薇園の中を進んでいった。

「見事ですね。とても美しいです」

「にゃっ‼」

「あぁ、わが王家の、自慢の薔薇園だからな」

感心した様子のレティーシア達へ、薔薇の種類や特徴を説明していく。

レティーシアは相槌《あいづち》を打ちながら、楽しそうに薔薇を眺めていた。

時折、きらりと。

金の髪が光を弾き、グレンリードの前で揺れていた。

（……こうして見ると、意外と身長差があるのだな）

レティーシアのつむじが目に入る。

人間の姿で二人、これほど近くでゆったりと、並び立つ機会は今まで無かった。

銀狼の姿の時は見上げていたが、今は反対に見下ろしている。

長身のグレンリードより頭一つ分以上小さな、華奢な体だった。

（人間の姿で会う時は、いつも背筋が伸び堂々としていたから、気づかなかったな……）

髪のかかる肩に、細い首筋に、つい視線が留まりそうになって。

意識して、周りの薔薇へと瞳を向けていった。

グレンリードは幾度も、この薔薇園に足を運んでいる。

薔薇が好きだからではなく、あくまで公務としての一環だ。

毎年のことで慣れており、今までは特別、心を動かされることもなかったのだが。

（今年の薔薇は……）

美しかった。

まるで、レティーシアを彩るように。

はっとするほど鮮やかに、薔薇が咲き誇っているのだった。

「陛下、あそこでお茶にしましょうか」

「あぁ、そうしよう」

内心を顔に出すことなく、グレンリードは冷静な表情で頷いた。

レティーシアがてきぱきと、皿と菓子を広げていく。

生粋の公爵令嬢とはとても思えない、ごく手慣れた手つきだ。

心なしか唇が緩み、楽しげな雰囲気を漂わせていた。

（……料理や食事が、それだけ好きなのだろうな）

そんなレティーシアの姿を、グレンリードも気に入っていた。

テーブルにずらりと並べられた菓子の匂いと、レティーシアの持つ香りが混じりあう。

初めて会った時から変わらず、どこか異質な。

でも今は、甘く甘い。

食欲と、それ以外の何かをかきたてるような香りだった。

（……私はいったい、何を考えているのだ……？）

思いつつ、レティーシアの作ってくれた菓子へと手を伸ばす。

マカロンにマドレーヌ、フルーツタルトにクッキー。

初めて見る菓子もあったが、どれも美味しく感じられる。

次へ次へと、グレンリードは菓子に手を伸ばしていった。

「……うむ。こちらの白いマカロンもいけるな。甘いが、甘すぎないような……」

「バタークリームに、塩でアクセントを加えてあります。少量の塩を加えることで、より甘さが引き立つんです。お気に入りいただけましたか？」

「あぁ」

そう答え、マカロンを味わっていると、レティーシアがマドレーヌへと手を伸ばした。

頬が緩みかすかに赤らみ、上機嫌な様子だった。

（……マドレーヌが好物なのだろうか？）

そう思い、グレンリードが見ていると。

風が吹き、ひらひらと薔薇の花弁が舞ってくる。

「レティーシア」

「ごほほっ‼」

むせられてしまった。

「いきなり声をかけ、悪かったな」

「いえ、失礼しました。今、陛下は、なんと仰ろうと？」

「おまえの紅茶のカップに、薔薇の花びらが入っている」

「あら、ありがとうございます」

レティーシアはそう言うと、紅茶へと手を伸ばした。

薔薇の花びらを、直接つまむつもりだ。

紅茶が跳ね、ドレスを汚してしまうかもしれない。

「えっ？」

咄嗟に、レティーシアの指を握っていた。
間に合ったようだ。
紅茶に触れるか触れないかの距離だった。
グレンリードは小さく息を吐き、ついで吸い込んで。
(甘く、柔らかい……)
鼻腔《びこう》をくすぐるレティーシアの香りと、握りこんだ華奢な指先の感触に。
気づけば自然と手が動いて。
もっと近くで、その香りを感じたくなって。
レティーシアの指を、引き寄せてしまっていた。

◇◇◇

「……陛下？」
一体これは、どういうことだろうか？
陛下が私の指を捕らえ、放してくれなかった。
青にも碧にも見える瞳が、じっと私の指先を見つめていて。
その真剣さに戸惑っていると、指が持ち上げられていく。
陛下の、薄く形良い唇の間近へと。

指先に触れる吐息に、そのくすぐったさと距離に、心臓が騒いでしまった。

「陛下、何をなさるつもりで……？」

先ほどより大きな声で呼びかける。

顔が赤くなってしまいそうだ。

「……念のため、紅茶がついていないか確認しただけだ」

私の指を解放し、陛下は紅茶のカップに視線をやった。

「今、おまえは薔薇の花びらをつまもうと、カップに手を伸ばしていた。もし、指先に紅茶がついていて、垂れてドレスを汚してしまったらと気になっただけだ」

「……ありがとうございます」

礼を述べつつ、早鐘を打つ心臓をなだめた。

びっくりした……。

陛下に触れられた指先が、ほんのりと熱を持ったままだ。

冷ややかな、氷の彫像のような美貌の陛下だけど。

人間なのだから体温を宿していて、触れば温《ぬく》もりが残るのだと。

当たり前の事柄を今、改めて理解した気分だった。

動揺を隠すようにごまかすように。私はお菓子へと手を伸ばした。ピンクのマカロンをつまんで――

「なぁん？」

いつもより低い、いっちゃんの鳴き声が響いた。

私の動きを止めるように、手の上に肉球が乗せられている。

気が付けばピンクのマカロン、苺味のものは最後の一つだった。

「なぁぁぁおぅ～～～～？」

『争っちゃう？　苺マカロンめぐって争っちゃう？』

と、すごむように。

いっちゃんの目が鋭く据わっている。尻尾も膨らみ臨戦態勢のようだ。

「いっちゃん……」

私と陛下が話している間、いっちゃんは無言で苺マカロンを貪っていた。

端っこからもぐもぐと。

一つ一つじっくり味わうように、丁寧に食べていたのだ。

そんなところへ、私が最後の一つをとろうとして、手が出てしまったようだ。

「安心して。取らないわよ」

苦笑しつつ、マカロンから指を離す。

いっちゃんは苺ガチ勢だ。

普段ののんびりとした様子から一転、苺に対しては真剣になるのだった。

「にゃっ！」

素早く、いっちゃんがマカロンへと手を伸ばした。

肉球で掴もうとして……。

「どうしたの？」

いっちゃんが前足を止めている。

目を見開き、マカロンを凝視しつつ。

迷うように考えるように、ぴくぴくとおひげを動かしていた。

「……にゃ！」

上から下へ。

いっちゃんが前足を動かしている。

マカロンと私を、交互に見ながらの動きだ。

「……えっと、苺マカロンを二等分して、私にもくれるの？」

魔術で真っ二つにしてくれということだろうか？

そう思い聞いてみるも、いっちゃんは首を振った。

「にゃっ！」

いっちゃんの肉球が、陛下を指し示す。

これはもしかして……。

「陛下にも差し上げたいから、三等分して欲しいということ？」

「なうっ！」

『その通り。断腸の思いでお分けするにゃ』

とでも言いたげな、重々しい雰囲気で頷いている。

「……いっちゃん、優しいのね……！」

初対面の陛下にも気遣いを忘れない、いっちゃんの姿に感動していると。

「……ふっ」

小さな笑い声。

陛下だ。私といっちゃんのやり取りに笑いをこぼしている。

しまった。

顔が赤くなりそうだ。当たり前にいっちゃんと話していたけど、陛下も同席していた。

……気を抜いたつもりはなかったけど、どうしてか。

うっかり素が出ていたようで、少し不思議だ。

陛下と私が、一緒に過ごした時間は決して多くなかった。

なのになぜか、よく知った相手のように感じてしまっていたようだ。

「私の分はいらない。おまえと庭師猫で食べるといい」

陛下は無表情を取り戻すと、そう言って紅茶を飲んだのだった。

◇◇◇

その後お茶会は、陛下から『薔薇の集い』についてお話を聞き、終わった。

一年に一度だけ、王家以外の人間に開放される薔薇園。

私と陛下で招待客を案内し、土産に薔薇を花束にして渡すらしい。

かつては生花ではなく、薔薇をかたどった細工物が贈られた年もあったようだけど……。

いずれ失われる、限られた美しさの薔薇だからこそ価値がある。

ここ数十年は、そのような考えのもと、薔薇の生花が贈られているらしい。

毎年、土産が薔薇の生花ばかりでは代わり映えしないという意見もあるようだけど。

細工物を招待客の人数分揃えるのは、出費がかさむので避けたい、という思惑もあるようで。

今年も陛下は、薔薇の生花を贈ることにするらしい。

「……華やかな行事といえど、懐事情はあるものね」

陛下も色々と苦労しているようだな、と思いつつ。

帰りの馬車の中で、いっちゃんの毛並みを堪能していた。

マカロンで満腹になったいっちゃんが、隣で丸くなっている。ごろごろと喉を鳴らし、上機嫌の様子だった。

やがて馬車が止まり、ルシアンが扉を開いてくれる。

いっちゃんと一緒に、離宮に向かおうとしたところで――

「いっちゃん？」

するりと地面に降りたいっちゃんが、離宮とは別方向へ歩いていく。

たいていは離宮か、近くを歩き回っているのに珍しい。

どこへいくのだろう?

気になりつつも、離宮の中へと入った。

すると、執事のボーガンさんが近づいてくる。

「レティーシア様、宮廷魔術師長のボドレー様から、お手紙が来ています」

ボドレー長官かぁ。

宮廷魔術師長を務める彼と初めて顔を合わせたのは、陛下の生誕祭の時だ。

私が『整錬』で作ったシフォンケーキ型に、かなり興奮した様子を見せていた。

ここのところ王都から離れ出張していたようだが、どうも帰ってきたらしい。

私を魔術局へと招き、『整錬』やもろもろの魔術について、話を聞きたいと手紙にしたためられていた。

「レティーシア様、どうなさいますか?」

ルシアンが気づかわしげに尋ねてきた。

「レティーシア様の魔術の腕前を直接見られると、少々面倒なことになるかもしれません。適当に理由をつけ、魔術局への招待は断りましょうか?」

「その必要は無いわ。一度断ったくらいじゃ、向こうも諦めないと思うし……」

私はナタリー様とケイト様の間を取り持ちお茶会をしている。

のんびり生活しつつも、この国のためにできることを、やっていこうと思ったからだ。

ボドレー長官達宮廷魔術師との関りも、避けては通れないはずだった。

「――だから私は、今回の招待を受けようと思うの」

「承知いたしました。では私も仕込み武器など、さっそく準備いたしますね」

「仕込み武器……。いえ、今回それは必要ないと思うわ」

苦笑してしまう。

ルシアンにとって一番印象的な魔術師は、私のお兄様達だ。

上の二人のお兄様はよく、私に魔術の稽古をつけてくれた。

つけてくれたのだけど……。

かなりのスパルタ、愛の鞭《むち》だった。

魔術の基礎理論から始まり、実戦形式の訓練へと。

二番目のお兄様は剣術を修めていたから、魔術と剣術をフル活用して立ちふさがるのだ。

上二人のお兄様のしごきを乗り切るため、私と三番目のお兄様、そしてルシアンで協力していた。

そのおかげでルシアン、仕込み武器や暗器スキルがぐぐっと上昇したもんね……。

「魔術師の全員が、お兄様達のような人ではないから大丈夫よ」

「……はい。それは重々承知しているのですが、こう……。武器を仕込んでおかないと不安と言いますか」

「……気持ちはよくわかるわ……」

ルシアンと二人、遠い目になってしまう。

それほどまでにお兄様達の魔術訓練はがっつりと、爪跡を残しているのだった。

◇　◇　◇

「あ、レティーシア様、今からお出かけですか？」

離宮の玄関を出ると、柴犬騎士……もとい、キースがやってきた。

「ええ。魔術局に招待されたの。今日はキースが、私の護衛担当かしら？」

「はい！　魔術局に向かうのでしたら、一層気合を入れたいと思います！」

尻尾をぴんと立て、キースが宣言した。

気合十分といった様子で、槍をしっかりと握りしめている。

御者席に乗り込んだキースと共に、馬車に揺られ始める。

魔術局は王城内にあるが、それなりに距離が空いていた。

私の離宮と同じように、魔術局も王城の端っこにあるからだ。

「わかりやすいわよね……」

魔術局の立地はそのまま、この国での魔術局の位置づけを表している。

私の生まれ育ったエルトリア王国と比べ、この国は魔術師の数が少なかった。

国政における存在感も小さく、隅へと追いやられがちのようだ。

「あれが魔術局の建物ね」

林を背後に従えた、煉瓦《れんが》造りの建物だ。

招待された時間までまだ間があるので、少し手前で馬車を降り散策しがてら歩いていく。

建物の周囲は空き地だ。

魔術の実験や演練を行うためだろうか？

魔術の触媒を置くための、台などが設置されている。

どのような実験を行うのか想像しながら、ルシアンとキースと歩いていると、

「おい、君」

背後から話しかけられる。

振り向くと一人の青年がいた。

ルシアンと同い年か、少し上くらいかな？

服装は魔術師らしく、黒のマントを詰襟の服の上に羽織っている。

やや長めの黒い前髪が、目元へと影を落としていた。

「こんなところで何をしている？」

「魔術の実験場を見学していました。魔術師として、どのような実験を行っているか気になったのです」

「実験場を、君が……？」

青年は眉を寄せ、いぶかしんでいるようだ。

緑色の瞳を、私の背後のキースへと向けている。

「本当に君は魔術師なのか？　そんな風に、獣人を引き連れているのに？」

「……なんだよ」

うなり声を上げるように、キースが口を開いた。

いつになく好戦的なキースに、青年も気配を尖《とが》らせていく。

「俺に何か文句あるのか？」

「疑問があるだけだ」

「疑問？　レティーシア様のお言葉を疑うのか？」

「……レティーシア様、だと……？」

青年がますます、眉間に皺《しわ》を寄せていく。

「そんなわけないだろう。レティーシア様はエルトリア王国の出身だと聞いている。そんな彼女が、獣人を傍に置くわけがない。レティーシア様の名を騙《かた》り、一体何が目的なんだ？」

魔術を行使せんと、青年が腕を持ち上げた。

応じて、キースが槍を手に身構える。

一触即発の状態だった。

「二人とも、落ち着いてください。私は確かにレティーシアですわ」

二人をなだめつつ、実験場を見回した。

広々として人はいない。

これなら問題なさそうだ。

『――手に赤を。立ち上がる舌先。燃え咲く熱を今ここへ‼』

魔力を練り上げ呪文を詠唱。

炎が生まれ伸びていく。高々と十メートルほど、赤く勢いよく燃え上がった。

「……上級魔術を触媒も無く、更には詠唱を短縮して……？」

青年が頬を熱風に叩かれ、目を見開いていた。

「これで私が魔術師だと、レティーシアだと認めていただけましたか？」

「……あぁ。すまなかったな」

青年が勢いよく頭を下げた。

うなじでくくられた黒髪が、遅れて尻尾のように一つ飛び跳ねる。

「これほどの魔術の腕の持ち主を疑うなど、許されざる無礼だ」

声に苦渋が滲《にじ》んでいる。

自身の非を認め、後悔しているようだ。

「勘違いは誰にでもありますか――えっ⁉」

ずいと差し出された青年の手に、思わず身を引いてしまう。

「おまえ、何するんだ⁉」

庇《かば》うように前に出たキースの背中越しに、青年の掌の上の物体を見た。

鶏の卵ほどの大きさの、半透明の青い石だ。

「魔石……？」

「お詫《わ》びの品だ。受け取ってくれ」

……率直に言って、とても困ってしまう。

謝罪の気持ちはともかく、差し出されたモノがモノだった。

濁りのある半透明とはいえ、これほどの大きさの魔石となれば、かなりの値打ちものになってくる。平民の一家が、軽く一年は暮らせる金額のはずだ。

そんな魔石を、ここで受け取ってしまうと。

魔術局との関係が、初手から躓《つまず》いてしまう気がした。

あまりにも価値が大きすぎる、謝罪の品物も考え物だ。

「魔石をさげてください。謝罪の言葉だけで充分ですわ」

「……やはり、これだけでは不足だろうか？」

青年は眉を寄せつつ、袖口を探り始めた。

「この水の魔石と、それにサラマンダーの鱗《うろこ》、いやそれよりも、マンドレイクの根の方がいいだろうか…？」

「あの、ご心配なく。どれも必要ありませんわ」

制止するも、青年は呟きながら、謝罪の品を物色している。

一度考え出すと、他人の声が聞こえなくなるタイプのようだ。

「なんですかこいつ、一人でぶつぶつと……」

キースが呆れていた。

幸いと言うべきか、青年への殺気はおさまったようだ。

「このままだと話が進みませんし、軽く槍の石突でこづいてみま――っ‼」

再びキースが身構えた。

機敏に振り返った、その視線の先には、

「――レティーシア様⁉」

亜麻色の髪の青年が、こちらへと走り寄ってくる。

「ごきげんよう。魔術局の魔術師の方ですか？」

「はい、そうです。そのようなところでどうされたのですか？」

「早めに到着したので、魔術の実験場を軽く見学していたところ、この方と少し会話することになったのですが……」

いまだぶつぶつと呟いている青年を視線で示すと、魔術師の顔が引きつった。

「リディウス‼　おまえまた何かやらかしたのか⁉」

黒髪の青年、あらためリディウスさん。

どうやら問題児のようだった。

◇　◇　◇

「――名乗りもせず失礼いたしました。私、魔術局に勤めているオルトと申します」

柔和な顔立ちをした魔術師は、オルトと名乗り恐縮しきった笑顔を浮かべている。

私とリディウスさんの間にあった事柄を説明したからだ。

オルトさん達魔術局の魔術師達は、建物の中で私を迎える準備を整えていたらしい。

が、そんなところへ、いきなり外で魔術の炎が上がったのが見えたため、代表してオルトさんが様子をうかがいに来たようだ。

「そうだったのですね……。ですがならばなぜ、リディウスさんは外にいたのですか？」

「魔術のためだ」

「魔術の？」

リディウスさんの端的すぎる言葉に聞き返すと、代わりにオルトさんが口を開いた。

「すみません、レティーシア様。リディウスは魔術以外は全くダメな口下手で……。私が代わりに説明しても？」

「……お願いします」

「リディウスはここのところ、新たな魔術式の構築に没頭していました。出来上がった魔術式を試すため、実験場にきたんだと思います」

「その通りだ。三日三晩かかった魔術式が、ようやく形になったからな」

頷くリディウスさんに、オルトさんがため息をついた。

「三日三晩……おまえがそう言うということはつまり丸三日、寝ていないということだな？」

「その程度、魔術の研究には問題ない」

「魔術以外には問題大ありだろう⁉」

オルトさんがこめかみをひきつらせた。

「リディウス、おまえ今朝の長官の話、レティーシア様がいらっしゃるという通達も、朦朧《もうろう》として聞いていていなかったんじゃないだろうな？」

「……」

リディウスさんが気まずそうに、オルトさんから顔を背けた。

一応彼なりに、悪いとは思っているようだ。

「リディウスがご迷惑をおかけし、本当に申し訳ありませんでした……」

頭を下げるオルトさんに同情を覚えつつ、魔術局の中へ向かうことにする。

謝罪を受けるにせよなんにせよ、まずは魔術局の長、ボドレー長官に会う必要があった。

「ようこそいらっしゃいましたレティーシア様！」

魔術局へと入ると、丸いお腹を弾ませたボドレー長官が歩み寄ってくる。

「先ほどの火炎魔術はレティーシア様が？　素晴らしいですどのような術式を使われたのですか？」

目を輝かせ称賛しつつ、詰め寄ってくるボドレー長官。

私の魔術に興奮するその様子は、なるほどリディウスさんの上司といったところだ。

以前、シフォンケーキの型の『整錬』を披露した時も、ずいぶんとテンションが上がっていたのを思い出す。

「長官、落ち着いてください。先ほどうちのリディウスがレティーシア様に――」

オルトさんがボドレー長官へと、手早く事情を説明していく。

……魔術大好きな上司と同僚に囲まれた常識人のオルトさんは、なかなかに苦労していそうだ。

頑張れオルトさん。胃痛にならないといいね……。

一通りオルトさんから話を聞き終えたボドレー長官が、こちらへ提案をしてきた。

「レティーシア様にはお詫びも兼ねて一つ、ご覧いただきたいものがあります」

何だろうか？

ボドレー長官が、壁に下げられている鈴を鳴らした。

澄んだ音が響き、やってきたのは――

「毛玉……？」

いや、違う。

鳥だ。もふもふの群れだ。

私の背丈よりも大きなヒヨコ……のような生き物達だった。

四章　魔術局のくるみ鳥

ボドレー長官と会話する私の前に、もふもふ達が続々とやってきた。

「ぴぃぴぃ！」

「ちぃっ！　ぴよっぴー？」

「ぴぴよぴ⁉」

もふもふ達はヒヨコにそっくりだった。

ただし、大きさはまるで違っている。

二本の足で立って歩いている今、嘴が私の頭より高い位置にあった。

「黄色に黄緑、水色、それに桃色……」

巨大ヒヨコ達の羽毛は、一羽一羽色が違っている。

ヒヨコとしてベーシックな黄色を筆頭に、それぞれパステルカラーの羽毛に包まれていた。

共通しているのは、黒い瞳の色くらいのようだ。

「この子達はもしかして……？」

「くるみ鳥です」

レティーシア様はご存じでしたか、と。

そう言ったボドレー長官の言葉に頷きつつ、くるみ鳥の顔を見上げた。

「かわいい……！　……結構目つきは鋭いんですね」

ふわふわとしたぬいぐるみみたいな外見だけど、意外と目つきは鋭かった。

私の頭の上からじっと、黒い瞳をこちらへと向けている。

ほわほわとした羽毛と鋭い瞳の組み合わせが、とても可愛らしかった。

「私の掌と同じくらい大きな瞳を持ってるんですね」

「はい。こいつらは体は大きいですが、人慣れした性格をしてますから、危険はありませんよ。ほら、このように、っと……」

「ぴっ！」

ボドレー長官が右腕を横へ差し出す。

するとライムグリーンのくるみ鳥が、てちてちと歩み寄ってきた。

ボドレー長官の右腕へと、柔らかな羽を押し付けている。

「……ボドレー長官、埋まってしまいましたね」

横に大きなボドレー長官の体ほぼ全部が、ライムグリーンの羽毛に包まれていた。

くるみ鳥が小刻みに頭を動かしながら、体を密着させている。

ボドレー長官、二本の足しか見えない状況だけど、呼吸は大丈夫なんだろうか？

「はは、心配なさらずとも私は平気ですよレティーシア様」

もふもふ毛玉から声が上がった。

私の疑問に答えるように、ややくぐもったボドレー長官の声が聞こえてくる。

「くるみ鳥も、加減は心得ていますからな。レティーシア様はくるみ鳥の癖についてご存知ですかな？」

「こうして実際に、生で見るのは初めてですが……。くるみ鳥は幻獣の一種で、魔力を帯びた生物や物体に体をすり寄せる習性があると聞いています」

魔力の持ち主に惹かれ、羽毛でくるむように近づく幻獣。

だからこそ、くるみ鳥という名前がついたようだ。

「さすがですなレティーシア様。よく勉強なさっているようだ」

「ふふ、ありがとうございます。私も魔術師ですから、くるみ鳥について書かれた書物を読んだことがあったんです」

それに元々私、もふもふ好きだしね。

前世の記憶が戻ったのは数か月前だけど、その前からずっと犬や猫、もふもふとした生き物は好きだったのだ。生まれ変わっても好みは変わらなかったらしく、くるみ鳥について調べたことがあった。

「くるみ鳥の羽は魔力を蓄えやすい性質で、上質な魔術の触媒になるのですよね？　今こうして、ボドレー長官のことをくるんでいるのも、魔力を補充しようとしているのでしょう？」

「その通りです。このくるみ鳥は特に、私の魔力を好んでいますからな」

ふよふよ、そよそよ、と。

ボドレー長官の声に合わせ、くるみ鳥の羽毛の一部が揺れ動いた。

どうやらそのあたりに、ボドレー長官の顔が埋まっているようだ。

「くるみ鳥は個体ごとに魔力にこだわりが――」

「ぴくしょんっ‼」

「きゃっ⁉」

吹き付ける突風に、ふわりと髪が舞い上がった。

くるみ鳥のくしゃみだ。

ボドレー長官の声と息がくすぐったかったらしい。

体が大きいだけあって、結構な勢いの風だった。

「おっと、失礼失礼、っと」

ライムグリーンの毛玉から、ふくよかなボドレー長官が出てきた。

「おまえ、これで今日の昼の分は満足だろう？　しばらく私を自由にしてくれ」

「ぴぃ……」

まだ満足してないんですが……、と言いたげなくるみ鳥の様子だ。

しかしよく躾けられているようで、ふわふわとした体をボドレー長官から離した。

「よしよし、いい子だ。……さてレティーシア様には、どこまで話しましたかな？」

「くるみ鳥と魔力の関係についてです」

「おお、そうでしたな。レティーシア様もご存知かもしれませんが、くるみ鳥というのは一羽一羽、羽毛の色が異なるように、魔力の好みも違いがあるんです。好みの魔力の持ち主のことはくるんで放さない習性があって、ご覧の通りですな」

ライムグリーンのくるみ鳥はチャンスをうかがうように、ボドレー長官のことを見つめている。

愛らしくも鋭い瞳が、柔らかな羽毛の中で輝いていた。

巨大なヒヨコそっくりの姿だが、くるみ鳥はれっきとした幻獣。生態はヒヨコと大きく異なっている。

くるみ鳥は、魔力を主食にしているらしい。

きまった形を持たず普段は不可視の魔力だが、この世界に確かに存在しているのだ。

くるみ鳥は体を覆う羽に魔力をため込み、皮膚を経由してゆっくり消化すると言われている。

魔力さえ十分であれば、口にするのはわずかな水だけで良いようだった。

いっちゃんが苺を溺愛するように、このくるみ鳥はボドレー長官の魔力がお気に入りのようだ。

人間は全員、多かれ少なかれ魔力を持っているが、魔術を使えるのはほんのひと握り。上位1パーセント以下の強い魔力の持ち主だけだ。

魔術局長官であるボドレー長官の魔力は、くるみ鳥にとって質と量が揃ったご馳走のようだった。

「ぴぴっ……」

先ほどまでボドレー長官にひっついていたくるみ鳥が、廊下に座り込んでいる。

羽毛を震わせながら頭を上下させ、ボドレー長官の魔力の味を反芻《はんすう》しているようだ。

目を細めるライムグリーンのくるみ鳥を、周りの色とりどりのくるみ鳥がどこか羨ましそうに見ている。

「ここのくるみ鳥達には毎日何度も、魔力をあげているのですか?」

「はは、食い意地が張っていますからな」

魔力の味。

想像しかできないけど、くるみ鳥達にとってはとても美味しいもののようだ。

貪欲に美味しさを求める姿に、親近感を覚える幻獣だった。

「この魔術局にはこの国で一番、魔力の強い人間が集まっていますからな。うちの魔術師達が毎日魔力をやるために、ここでくるみ鳥を飼っているんですよ」

「……噂《うわさ》には聞いていましたが、こうしてくるみ鳥がたくさんいるところを見ると圧巻で、興味深い光景ですね」

くるみ鳥達は我慢できなくなったのか、それぞれお気に入りの魔術師の近くへ行っている。

先ほど私とひと悶着《もんちゃく》あった魔術師、リディウスさんの黒い頭も、水色のくるみ鳥に半ば埋もれていた。

「直《じか》にくるみ鳥を見させていただきありがたいのですが……。こうして私が、この場にいても大丈夫なのでしょうか?」

大多数の幻獣の例に漏れず、くるみ鳥は貴重な生き物だ。

抜け落ちた羽は魔術触媒になることもあり、かなりの値段で取引されている。

くるみ鳥が何羽も飼育されているのは、このヴォルフヴァルト王国の魔術局だけだ。

部外者である私がおいそれと、目にすることはできない幻獣のはずだった。

「レティーシア様になら、くるみ鳥をお見せしても問題ありませんよ。レティーシア様には今日こうして足を運んでくださったお礼に、お好きなくるみ鳥の羽を二十枚ほど、差し上げたいと思っているんです」

「……そんな貴重な羽を、私がいただいてもよろしいのですか？」

金銭に換算すると、それなりのお値段になるはずだ。

絶対数が少なく、魔術触媒としても優秀なくるみ鳥の羽は超高級な素材だ。

ただでさえ高価な品だけど、加えて私の魔力と相性の良い羽を選んで、となると、私にとってかなり美味しい話になってくる。

「いえいえ、これでも足りないくらいですよ」

ボドレー長官が声を落とし呟いた。

「……先ほどは、うちのリディウスがやらかしましたからな。くるみ鳥の羽を受け取ってもらえないと、逆にこちらが困るんですよ」

羽をあげるから、どうかリディウスとのもめごとを無かったことにしてくれということだ。

ボドレー長官の背後で、オルトさんが祈るようにこちらを見ている。

「わかりました。リディウスさんもそれでよろしいです……」

言葉を切り、巨大な水色のもふもふを見つめた。

張本人であるリディウスさんは、水色のくるみ鳥にがっつりと埋もれている。返事の声も出せない密着具合で、黒い頭が肯定を表すように、上下しているのが辛うじて見えるだけだ。

……脱力する光景だけど、先ほど彼本人からは謝罪を受けている。

元々、こちらに大事にするつもりも無かったので、素直にボドレー長官の話を受け入れることにした。

「……くるみ鳥の羽、ありがたくいただきますね」

「助かります、レティーシア様」

「羽をいただくくるみ鳥は、どのように選べばよいでしょうか？」

この場にいるくるみ鳥の数は、ざっと二十羽ほどだった。

くるみ鳥の主食は魔力で、人間は常に、微量の魔力を体表にまとっているのだ。

私はお兄様達にビシバシビシと鍛えられたのと、前世の記憶が戻った影響もあって、魔力のコントロールには自信があった。

手から魔力を放出しながら一羽一羽、くるみ鳥に触って魔力の相性を確認すればいいのだろうか？

「少しお待ちください。今、くるみ鳥達を呼び集めますね」

ボドレー長官が、懐から取り出した鈴を鳴らした。

先ほど、壁に下げられた鈴でくるみ鳥を呼び集めたように、何種類かある鈴で指示を出しているようだ。

「よしよし、いい子だ。こっちに集まれ集まれ～」

鈴の音に惹かれるように、くるみ鳥達が嘴を揺らしてやってくる。

ピンクに水色、薄紫にクリームイエロー、そして白。

色とりどりのもふもふ達が、ちょこちょこふわふわと寄ってきて――

「え？　近い？　近い近い止まって――！」

「レティーシア様⁉」

傍らのルシアンとキースの気配が硬くなる。

咄嗟に暗器に手を伸ばすルシアンを制止していると、視界が黄色一色になった。

「わふっ⁉」

「ぴっ‼」

ぽふん、と。

クリームイエローのくるみ鳥が、私へとぶつかってきた。

それなりの速度だったけど、ふわふわとした羽毛のおかげで衝撃は軽いようだ。

バランスをとろうと伸ばした掌が手首まで、くるみ鳥の羽毛に埋まっている。

「ど、どうしたのあなた？」

「ぴぃぃっ‼」

顔を上げると、頬を羽がくすぐった。

私のつむじへとこすりつけるように、大きな嘴が押しつけられている。

クリームイエローのくるみ鳥に、文字通りくるまれているようだ。

どうも私のことが、私の魔力が、かなりのお気に入りのようだった。

もふもふほわほわと羽毛が気持ちいいけど、前が見えなくて困ってしまう。

「おやおやレティーシア様、ご無事ですかな？」

少し驚いたような、ボドレー長官の声が聞こえた。

「くすぐったいだけですが……」

どうしよう？

くるみ鳥から身を離そうと、試しに力を入れてみる。

しかし遠ざかった分だけ、すぐさま体をすり寄せられてしまった。

「あの、一旦、放してくれないかしら？」

「ぴっ‼」

『嫌です‼』

と言うように、くるみ鳥が高く声を上げた。

私を放すまいとするように、ぐりぐりと強く体を押し付けてくる。

「わわっ⁉」

「レティーシア様、失礼いたしますね」

腰にルシアンの手が添えられる。

体をすり寄せてくるくるみ鳥を、ルシアンと二人がかりで支えた。

「こらっ、やめい！　やりすぎだやめんかい‼」

りんりんりん、と。

叱るように幾度も、ボドレー長官が鈴を鳴らしている。

くるみ鳥は最初無視していたが、やがて観念したように私を解放した。

「ぴぃ……」

いいところで邪魔しないでくれ、と。

そう言わんばかりのじっとりとした視線を、くるみ鳥がボドレー長官へと向けている。

その姿にどことなく既視感を覚えるのは、苺料理を取り上げられた、いっちゃんの姿と重なるからかもしれない。

「なんだあの鳥、いきなり抱き着いてうらやまし……。レティーシア様、失礼いたしますね」

何やら小声でルシアンが呟くと、乱れた私の髪の毛を素早く整えていく。

ありがたい。

ぼそりと耳に入った、「今夜は鶏肉料理にしませんか？」という呟きは、聞かなかったことにしておく。

ルシアンに髪の毛を直してもらいつつ、軽くドレスをはたき皺を伸ばしておいた。

「レティーシア様、大丈夫でしょうか？　くるみ鳥が驚かせてしまい、すみませんでしたな」

「ご心配なく。くるみ鳥の習性については知っています。この子、私の魔力がお気に入りなんですね」

今もすぐ近くに控える、クリームイエローのくるみ鳥を見上げた。

ひょこひょこと、頭を不規則に動かしこちらを見ている。

私の髪を整えるルシアンの手に、視線と動きが釣られているようだ。

「いきなり抱き着かれびっくりしましたが、近くで見ると一層かわいらしいですね。この子は、どの方に懐いているのですか？　元気が良くて、食事の時が少し大変そうです」

「いえ、それが……。こいつは誰にも懐いていないんですよ」

「え……？」

周りを見回す。

ボドレー長官の言葉を肯定するように、オルトさんが頷いていた。

「こいつは随分と、魔力のえり好みが激しいくるみ鳥のようでして……。うちの魔術師は全員、お眼鏡に適《かな》わなかったみたいです」

「……食にこだわる子なんですね」

どうやらこの子は、偏食家のくるみ鳥のようだ。

この世界に存在する魔力は基本的に、地、水、火、風の四属性に分類することができる。

……例外として、私から元婚約者を奪ったスミアなど、光の魔力の持ち主もいるが、それはとりあえず措《お》いておく。

人間はたいていの場合、地、水、火、風の四つが混じりあった魔力を持っているが、人により四つの割合は異なっている。

くるみ鳥の魔力の好みも、おおむねこの四属性に従い分けられると聞いていた。

この魔術局には、何十人もの魔術師が勤務中のはずだ。

当然、四属性ともそれぞれ、強い魔力の持ち主がいるに違いないのに、その誰もが、このくるみ鳥の好みに合わなかったようだ。

「こいつは、なかなかに珍しいくるみ鳥ですよ。通常、ある程度の好き嫌いはあっても、成鳥するまでにくるみ鳥は、何人かのお気に入りの魔術師を見つけ懐くものですからな」

見た目ヒヨコの、まるまるとした体に小さな翼のくるみ鳥だが、これでも立派な成鳥だ。

生まれたては鶏ほどの大きさで、人間の背丈に並ぶ頃に成鳥になるらしい。

「こいつも一応毎日、うちの魔術師から魔力を貰《もら》っていますが、特定の相手はいませんでした。毎日気まぐれに、『とりあえずこの人の魔力貰っておくか〜』といった様子で、その時々に近くにいた魔術師に抱き着いていたんですよ。そんなこいつが、ここまで誰かに懐くなんて……」

初めて見ましたよ、と。

私と黄色のくるみ鳥を、ボドレー長官が観察していた。

「レティーシア様の魔力は火属性でしたな？」

「はい。我がグラムウェル家は火属性の家系で、私にもその血が強く出ています」

魔力というのは外見と同じように、ある程度遺伝するものらしい。

私達四人兄弟のうち、三人は火属性の魔力を多くもって生まれている。

残る一人、クロードお兄様は地属性だが、それも母方から継いだものだった。

「ここの魔術局にも何人も、火属性の魔術師の方はいらっしゃいますよね？」

「ええ、もちろんです。ですがおそらく、レティーシア様ほど強い魔力の持ち主はいな――」

「いるわけがない」

リディウスさんが、ボドレー長官に被せるように口を開いた。

「先ほどの見事な魔術展開を見れば一目瞭然だあれほどの規模の魔術を瞬時に展開した腕前と発現した術式の整った美しさは技術はもちろん極めて稀《まれ》な強い魔力の両方があって初めて成しえるものだ素晴らしいものですよレティーシア様」

「あ、ありがとうございます……」

怒涛《どとう》の勢いでまくし立てるリディウスさんに、とりあえずお礼を言っておく。

話が魔術方面に及んだ途端に饒舌《じょうぜつ》になるあたり、根っからの魔術オタクに違いない。

抱き着かれていた水色のくるみ鳥を振り切り、早足でこちらへやってきたようだ。

「レティーシア様さえよろしければぜひもう一度先ほどの魔術を、いえあれだけではありません火属性だけでなく地属性や風属性の魔術もしかとこの目で見させていただき――ぐっ⁉」

「リディウス落ち着け。今レティーシア様は長官とお話ししているところだ」

しゃべり続けるリディウスさんの口に、オルトさんがマントを押し当て塞いだ。

魔術局の制服であるマントの、思いがけない活用方法だった。

「……ごほん。うちのリディウスが失礼いたしました」

ボドレー長官が咳《せき》ばらいをし、会話を再開していく。

「くるみ鳥が懐く相手は基本的に、魔力の相性が良い相手です。相性の良いくるみ鳥の羽は、その魔術師にとって極めて有用な魔術触媒になります。レティーシア様にはきっと、こいつがぴったりなんでしょうな」

「この子の羽を、いただけるということでしょうか？」

「はい、そのつもりですが……」

　ボドレー長官が、クリームイエローのくるみ鳥を見上げた。

　私とボドレー長官の会話の間もずっと、くるみ鳥は私を見つめている。

　視線があうと、軽くスキップするように飛びはねかわいかった。

　もふもふぴよぴよとした姿が、とても目の保養になっている。

「……レティーシア様は、もふもふとした生き物はお好きですか？」

「は、はい！　もちろんですわ」

　こちらの心を読んだかのような問いかけに、つい返答に力が入ってしまった。

　表情には出していないつもりだったけど、色々と漏れていたのかもしれない。

「それはよろしいことです。……レティーシア様さえお嫌でなかったら、このくるみ鳥を離宮で飼っていただけませんか？」

「この子を？」

「……ぴっ？」

　鳴き声を上げたクリームイエローのくるみ鳥を見つめる。

　抜け落ちた羽ではなく、生きたくるみ鳥そのものとなると、小さな屋敷が立つくらいの金額が対価として必要なはずだ。

「この子はかわいらしいですが、さすがに一羽まるごとは……」

「遠慮なさらなくても大丈夫ですよ。こちらにも十分、うま味がある話ですから」

どういうことだろうか？

首を傾げていると、ボドレー長官が説明を始めた。

「これは公にしていないことですが……。くるみ鳥は相性の良い人間の魔力を摂取させた方が、抜け落ちる羽の数が多くなるんですよ。どうも、羽はくるみ鳥にとって魔力の取り込み器官であるようで、一定量の魔力を吸収すると役目を終え、新しい羽へと生え変わるようなんです」

「なるほど……。そんな生態があったんですね」

確かにそれは、あまり大声では言いにくそうな事実だ。広く知られれば、くるみ鳥の羽を大量に採取しようと、際限なく魔力を注げと要求する人間が現れそうだった。

「普通の鳥と比べると、くるみ鳥の抜ける羽の数はそこまで多くありません。通常、一日に十から二十枚といったところですが……。このくるみ鳥は数枚抜けるかどうかです。羽の抜けすぎは負担がかかりすぎますが、ある程度定期的に羽が抜けた方がくるみ鳥の健康にいいですし……」

「……お金にもなる、ということですね？」

「はは、お見通しですな」

ボドレー長官が大きなお腹を揺すり笑った。

魔術の研究には、とかくお金がかかるものだ。

資金繰りについて、ボドレー長官も苦労しているのかもしれない。

「私がこのくるみ鳥を飼う代わりに、抜け落ちた羽については、そちらにお譲りするという形ですか？」

「えぇ、そのようにしていただけたらありがたいです。もちろん、羽を全部ちょうだいするわけではありません。六対四の割合で、レティーシア様にお渡しするつもりです」

「四割もいただいてよろしいのですか？」

「いえいえ、違いますよ。こちらの取り分が四割で、レティーシア様が六割になります」

「……そんなにもよろしいのでしょうか？」

「レティーシア様の元で過ごすのが、こいつのためでもありますからな」

ボドレー長官が目を細め、クリームイエローのくるみ鳥を見ている。

ただの魔術触媒の提供元としてではなく、くるみ鳥のことを可愛がっているようだ。

くるみ鳥の方も、愛情を注がれているのを理解しているのか、ボドレー長官に穏やかな目を向けている。

「わかりました。でしたらこの子のことは、うちの離宮に迎えさせてもらいますね」

頷くと、こちらの言葉がわかっているのか。

くるみ鳥が嬉しそうに、ぴぃと鳴き声を上げたのだった。

◇　◇　◇

幻獣であるくるみ鳥を引き取るには、いくつもの手続きが必要だ。

手続きに必要な書類を揃えてもらう間、ボドレー長官に魔術局を案内してもらうことになった。

魔術局にはおおよそ、二百名ほどの魔術師が勤めているらしい。地方に赴いている魔術師も多いため、この建物に日勤しているのは、半分の百名ほどのようだった。

「続いてこちらは、魔石の加工作業を行う工房になります」

壁一面に棚が設けられた一室だ。

魔石や様々な魔術触媒、そして金属の板などが、分類して納められている。

魔石をエネルギー源にした道具、紋章具の製作も、魔術師の仕事の一つだった。

「綺麗に整頓されていて、作業が捗《はかど》りそうですね」

「はは、ありがとうございます。リディウスが喜びますよ」

「リディウスさんは紋章師なのですか？」

紋章具の製作を専門とした魔術師は、紋章師と呼ばれている。

元の世界で言う、理系の研究者に似たところのある職業だった。

「ええ、そうです。あれでなかなか、リディウスは紋章師としては優秀な男でしてな。魔術触媒の扱いについても、人一倍きっちりしておりますよ。……できたらその細やかさを、他のことにも向けてもらいたいところですが……」

　ボドレー長官が苦笑している。

　研究一筋の人間にありがちなように、リディウスさんもまた、身の回りのことには無頓着な性格のようだった。

　ボドレー長官と会話しつつ、魔石加工の工房を後にし歩いて行く。

「あ……」

　ちょうど次の部屋に、話していたリディウスさんが立っていた。

　魔石をいくつも机に並べ、実験の途中のようだ。

「噂をすれば影、というやつですね。レティーシア様、ここは計測器が置かれた一室でして、紋章師のリディウスも、よく利用しているんです」

　紋章具は魔石さえあれば、魔術師でなくても魔術を扱うことができる道具だ。

　便利だが貴重で、それにきちんと設計と組み立てを行わないと、魔術が発現しなかった。

　紋章師であるリディウスさんはこちらを一瞥《いちべつ》すると、計測器らしき立方体にじっと視線を注ぎ、中の紋章具を一心に観察している。

　確か先ほど、新たな魔術式の構築に成功したと言っていた。

　さっそくその魔術式を組み込んだ、紋章具を測定しているのかもしれない。

　仕事を邪魔しては悪いし、早く計測室から出ようと思ったのだけど――

「レティーシア様、せっかくいらっしゃったのですし、魔力量を測っていきませんか？」

ボドレー長官が部屋の奥、水晶のはまった金属板を指し示した。

紋章具の一種で、魔力量に応じて発光する魔術式が刻まれている。水晶に血を垂らすと、魔力量がわかる仕組みだ。それなりのお値段がするため、この国にきて目にしたのは初めてだった。

「使わせてもらって良いのですか？」

「魔力量の把握は、魔術師にとって重要ですからな。もちろん、表示された魔力量を覗《のぞ》いたりはしないとお約束しますよ」

魔術師の実力は、魔力量に大きく依存している。

魔力量は重要な個人情報の一つで、身内以外には正確な魔力量を教えないのが普通だ。

「ありがとうございます。お言葉に甘えますね」

魔力量は年齢によって、ある程度増減するものだ。通常は肉体の成長と同じように、二十歳前後までは増加し、その後は加齢と共にゆっくりと目減りしていく。

今十七歳の私は、魔力が増える成長期だ。前世の記憶を思い出した影響で、魔力効率がぐんと上昇したためわかりにくいが、魔力の絶対量自体も増えているはず。

ルシアンから護身用の短刀を一本受け取ると、そっと鞘《さや》を滑らせた。

利き手と反対の、左手の小指へと刃《やいば》を軽く押し付ける。

血が滲み軽い痛みが走るが、どれくらい魔力量が増えたのか、計測結果を見るのが楽しみだ。

数か月前、祖国エルトリア王国で計測した時の魔力量は、一番上のお兄様より少し少ない七千五百ほどだった。

お兄様との差が縮まっているといいなぁ、と。

血を垂らした水晶を見ていると、

「きゃっ⁉」

「ななっ⁉」

突如、眩《まぶ》しい光があふれ出した。

思わず目をつぶってしまうほどの光。初めて見る反応だった。

「レティーシア様⁉　これはいった、い……」

ボドレー長官の顔が固まった。

その視線の先、光がおさまった金属板には、びしりとヒビが走っていた。

「……………」

気まずい沈黙が落ちる。

さきほどの光と言い、経験のない現象ばかりだが、おそらく原因は私だ。

「レティーシア様、何かなさいましたか？」

「使い方通り、血を一滴垂らしただけのつもりなので────」

「貸してくれ僕が見る」

やってきたリディウスさんが、じっと計測器を覗き込んだ。

手に取り持ち上げると、全方向から異常を精査している。

「派手に光ったのは水晶だがこちらは正常だよって術式基盤の問題か？　第二十三から第二十七

までの回路に走ったヒビは過負荷による歪《ゆが》みによるものかこの壊れ方が示すのはつまり――」

目を見開き、ぶつぶつと呟いていたリディウスさんが、計測器をそっと机に戻した。

原因が判明したのだろうかと見ていると、

「わかりました‼　レティーシア様は素晴らしいお方だ‼」

「っ⁉」

ぎゅうっと、肩にリディウスさんの両手が食い込んだ。

感極まったように、そして私を逃がすまいとするように。

リディウスさんが体を寄せてきた。

「見てくれこの魔術基盤の歪みをこれはレティーシア様の魔力によるもので計測限界を遥《はる》かに超えた結果だ！」

「……計測限界を超えた結果……」

迫ってくるリディウスさんの顔から視線をそらし、ヒビの走る計測器を見た。

色々と気になる発言だが、とりあえずリディウスさんが近すぎる。

「すみませんが、少し体を離してもらえませんか？」

「十年以上紋章具の研究に関わって来ましたが初めての経験ですおかげでこの計測器の持つ潜在的な欠陥に気づけ魔術基盤との接続端子についての改良案が思い浮かびそうで――」

滔々《とうとう》と語るリディウスさんに、私の声は届いていないようだ。

ボドレー長官の顔が引きつり、背後でルシアンの気配が剣呑《けんのん》になるのを感じた。

「リディウスさん、まずは落ち着いてください」

「……あ」

肩に置かれた手首を握ると、さすがにリディウスさんも気づいたようだ。

紋章師であり研究一筋に見えるリディウスさんだが、男性だけあり私より太い手首だった。

ごつごつとした骨があたる手首に指を添え、そのままゆっくりと肩から持ち上げてゆく。

「そんなに近づかなくても、リディウスさんの声は届きますわ。私も先ほどの光について知りたいですから、お話を聞かせて――えっ？」

言葉の途中で、リディウスさんの顔が近づいてくる。

避《よ》けようとして、瞳が閉じられているのに気づく。

意識を失い、倒れこんできたようだ。

「レティーシア様！」

咄嗟にリディウスさんを支えた私の体を、ルシアンが隣で支えた。

にこにこと笑顔を浮かべてはいるが、リディウスさんに向ける目が笑っていなかった。

「……眠っている……？」

ルシアンの視線もなんのその。

リディウスさんはすやすやと、健やかな寝息を立てているようだ。

私へと寄り掛かってくる体を、ルシアンが引きはがした。手つきこそ丁重だが、長年つきあいのある私には、冷ややかな空気をまとっているのがよくわかった。

「くるみ鳥に続いて、またもやレティーシア様に抱き着こうとする輩《やから》が現れるとは……」

笑顔を浮かべたまま、何やら小声で呟くルシアン。

内容は聞こえないが、文句を言っているのは間違いない。

ルシアンはリディウスさんを近くの椅子に寄り掛からせると、こちらへ向き直り頭を下げた。

「対応が遅れてしまい申し訳ありませんでした」

「十分よ。助かったわ。リディウスさんの挙動に敵意が感じられなかったからこそ、ルシアンもキースも、ギリギリまで見守っていてくれたのでしょう？」

敵意や殺気の有無について、騎士であるキースや、護衛としての訓練も受けているルシアンは敏感だ。

むやみやたらに介入し騒ぎを起こさないよう、動きを控えていてくれたようだ。

「リディウス様には敵意も、それに下心の類も感じませんでしたからね……」

もし下心ありでレティーシア様に抱き着こうとしたら、縛って転がして埋めておくつもりでしたが、と。

私にしか聞こえない大きさの声で、ルシアンがぼそりと呟いた。

大げさな表現だが、冗談に違いないはずだ。……たぶん。

「レティーシア様、それにそちらの従者の方にも、リディウスが迷惑をおかけして申し訳ありませんでした……」

ぺこぺこと、この場に居合わせたオルトさんが頭を下げている。

見ているこちらが、申し訳なくなるくらいの謝りっぷりだ。リディウスさんさんの奇行には気配を尖らせていた、私の背後に控えるキースも、オルトさんには気の毒そうな視線を向けている。

「気にしないでください。リディウスさん、確か三日三晩魔術式の研究を行っていたんですよね？　本人は新魔術式に夢中で気づいていなかったのかもしれませんが、眠気がたまっていて当然ですわ」

「お優しいお言葉、助かります。……リディウスも自覚なく、眠気で限界で言動がおかしかったようです。研究一筋ですが、普段はもっとまとも……と言うほどではありませんが、今よりはほんの少し、常識的な振る舞いができる……できるはず、ですよね？」

オルトさんの言葉が、途中から疑問形になってしまった。

私に聞かれても答えられないが、とりあえずリディウスさんが、日常から色々とやらかしていることだけは伝わってきた。

オルトさんも毎日大変そうだなぁ、と。

そう思わせる発言なのだった。

◇◇◇

寝落ちしたリディウスさんを、オルトさんが仮眠室まで運んでいく。

私はボルドー長官と二人、ひび割れた計測器を見やった。

「先ほど、リディウスさんが言っていたことですが……」

「おそらく、当たっているでしょうな。リディウスの紋章具を見る目はずば抜けていて、今まで私が会った魔術師の中でも一、二を争うほどです」

「……とても優秀な方なんですね」

どうもリディウスさん、才能と引き換えに常識を落っことしてきたタイプのようだ。

魔術や紋章具に関して圧倒的な才能の持ち主であるからこそ、非常識な行動も受け入れられているのかもしれない。

「リディウスが言っていた通り、計測器にヒビが入った原因はおそらく、レティーシア様の魔力量が多すぎたからでしょうな」

「……こちらの計測器は、どれくらいの魔力量まで測れるのですか？」

「計測値としては一万まで。規格としては、一万五千までの魔力量を感知しても大丈夫な作りになっていたのですが……」

私の魔力量は、そのラインを超えてしまったようだ。

紋章具というのは精密機械に似ている。

規格以上の魔力量に触れた結果、金属板に刻まれた術式が誤作動を起こし、焼け付いてしまったような状態らしい。

「一万五千……。この目で見てなお、信じられないほどの魔力量ですな」

ボドレー長官が、尊敬と驚きを浮かべた瞳でこちらを見てくる。

……私も驚いたよ。びっくりだったよ。

私の一番上のお兄様は、魔術強国である祖国エルトリア王国で、上から十人に入るであろう魔力量の持ち主だ。

そんなお兄様でさえ、魔力量は七千五百を少し超えるくらい。

一万を超える魔力量の持ち主となると、大陸全土を探しても数えるほどになってくる。

魔力量が高いほど便利になるのは確かだけど、さすがに一万五千超えは高すぎだ。

「……失礼な質問になりますが、そちらの計測器が元から壊れていた、という可能性はありませんか？」

「まずありえませんな。この計測器の調整は、リディウスが行っています。魔術や紋章具に関してあいつが手を抜くとは思えませんし、こと紋章具に関して言えば、あいつは魔術長官である私よりも上手くやりますからな」

計測器の誤作動、という線も無いようだ。

規格外の魔力に、壊してしまった高価な計測器。

どうしてこうなった、と。

思わず内心、頭を抱えたくなってしまう。

「計測器を破壊してしまい、申し訳ありませんでした。計測器は弁償しますから、この件について公にせず、内密にお願いできませんか？」

「そのつもりですよ。元々レティーシア様の魔力量測定結果については、詮索しないという約束でしたからな。リディウスのやらかしのあれこれについても、内密にしていただけるとありがたいです」

「わかりました。そうさせていただきますね」

お互い様、というやつだ。

良かった良かった。

もし私の魔力量が公表されたら、スローライフが光の速度で遠のいて行ってしまう。

……ボドレー長官と、それとリディウスさんにはバレてしまったが、そこは諦めることにする。

「計測器の弁償についても必要ありませんよ。元はこちらから測定を勧めた結果ですし、代わりにレティーシア様に預けるくるみ鳥の羽をいくらか多めに、融通していただけたら助かるな～くらいですよ」

「……こちらが四、そちらが六でどうでしょうか？」

「ありがたいですな」

ボドレー長官がほくほくとしている。

ちゃっかりしているな～と思うが、現金で賠償を求められないのはこちらも助かった。

出せない金額ではないけれど、くるみ鳥の羽の譲渡であれば、こちらの懐は痛まずありがたい。

「ありがたいついでに、もう一つ頼みごとがあるのですが、いいでしょうか？」

「……なんでしょうか？」

とりあえず聞いてみることにする。

「うちの魔術師達の訓練、模擬試合に付き合っていただけないでしょうか？」

「魔術を用いた模擬試合への参加、ですか？」

「難しいでしょうか？　もちろん、万が一にもレティーシア様が怪我をしないよう、対策はしっかり取らせていただくつもりです」

「模擬試合の形式は、どういったものをお考えですか？」

「うちの魔術師では、レティーシア様と一対一では相手にならず、訓練の意味が無いかもしれません。なのでこちらからは二名を出し、『旗取り』形式での模擬試合をお願いしたいです」

よくある模擬試合の形式だ。

対戦者は三十メートルほど離れ向かい合い、陣地の横にそれぞれ一本ずつ旗を立てかけておく。

その場から動かず魔術を打ち合い、先に旗を落とした方が勝ちだった。

……懐かしいなぁ。

昔はお兄様達にしごか……訓練の一環で、模擬試合もよくやっていた。

たまには模擬試合の一つでもして、勘を鈍らせないでおこう。

「わかりました。念のため模擬試合の対戦場を見てから、受けるかどうか考えさせていただきますね」

◇　◇　◇

ボドレー長官から説明を受けながら、魔術局の建物の外へ案内されていく。

やってきたのは、最初にリディウスさんと会った場所の近くだ。

地面が平らにならされた、模擬試合用の空き地のようだった。

「こちらが、結界を発生させる紋章具になります」

空き地の両端には、一辺一メートルほどの箱型の紋章具が据えられていた。

結界は一般的に、透明な光の壁、バリアのようなものを生み出す術式だ。

防御力が高く視界が遮られず便利だが、光属性の魔術はあまり研究が進んでいなかった。数人を短時間覆う結界を発生させるのでさえ、大きな紋章具が必要になってくるわけだけど……。

「この結界を作り出す紋章具、だいぶ小型ですね。かなり上等な、値段が張るものなんじゃないですか？　ここの魔術局の方が製作されたんですよね？」

「リディウスが設計したものですよ。あやつは魔術以外はからっきしですが、魔術の腕は確かですからな」

すごいな。これもリディウスさん作なんだ。

普通は軽自動車くらいある紋章具をここまで小さくする、かなりの技術力のようだった。

「強度の方はどうですか？」

「中位の魔術であれば、直撃しても二発は耐えられる設計になっていますぞ」

模擬試合中、直接試合相手に攻撃するのは反則だ。

しかし魔術を使う以上、余波や流れ弾の危険性が存在している。

リディウスさん作の紋章具で結界を張っておけば、安心安全というわけだった。

「説明ありがとうございます。それでは準備してきますね」

ボドレー長官に礼を言い、空地の端へと向かっていく。

結界の範囲は、紋章具を中心に三メートル四方ほど。

結界の範囲外すぐ横に、器具を使って人の背丈ほどの旗を設置するようだ。

「旗はここと、ここにあって、私はそこに立って、相手が立つのはあそこで……」

対戦場を見晴らし、位置取りを確認していく。

結界を安全装置に用いた訓練は久しぶりだ。

お兄様達との訓練は実戦形式、結界なしの、なんでも有りの模擬試合がほとんどだった。

炎やら雷やらカマイタチやら……がんがん飛び交う魔術が目に焼き付いている。

一歩間違えば致命傷というか、実際に髪が焦げたことが何度もあるというか……。

「集中集中、っと……」

頭を振り、意識を現在の模擬試合へと引き戻す。

やめやめ。お兄様達との思い出に浸るのはやめておこう。

あの訓練をうっかり思い出すと、今夜の夢で出てきそうだ。

……お兄様その一とその二はとてもスパルタだ。

もし、模擬試合とはいえ悲惨な結果になりそれを知られたらマズイので、全力で目の前の模擬試合へ向かうことにした。

「レティーシア様、そちらも準備はよろしいですか？」

空き地の反対側から大声が投げかけられた。

対戦相手であるオルトさんだ。

オルトさんは困り顔の印象が強いけど、魔術局の若手魔術師の中では一、二番。つまりこの国の魔術師の中で、かなり上位の人間だった。

もう一人の対戦相手、ベレアスさんも魔術の研鑽《けんさん》を積んだ、実力のある中年男性だと聞かされている。二人とも魔術局所属の同僚であるため、連携もばっちりなのかもしれない。

「はい。こちら準備できました。結界を起動させますね」

紋章具の所定の位置に、丸い魔石をはめ込んだ。

微《かす》かに紋章具が震えると、音も無く光の壁が四方に立ち上がっていく。

私は光の壁の後ろに陣取り、更にすぐ後ろにはルシアンが立っている。

いつもよりだいぶ近い距離。

結界の範囲は限られているためだった。

「うーん、やっぱり、この距離感も懐かしいわね」

色々と昔を思い出す一日だった。

主従としては少し近すぎる距離だけど、昔お兄様達との模擬試合の時はよく、ルシアンがすぐ近くに控えていたのだ。

今更恥ずかしくなるような間柄ではないけど、久しぶりの距離感に懐かしくなってくる。

「……お兄様がたとの訓練は大変でしたが、私は嫌いではありませんでしたよ」

同じようにルシアンも昔を思い出したのか、小声で呟いている。

「こうしてごく間近で、レティーシアお嬢様のために働けるのは楽しかったですよ」

ルシアンの呟きを背中に受けつつ、対戦相手のオルトさん達に視線を向けた。

私達両者の様子を確認し、審判役のボドレー長官が右腕を上げる。

「五、四、三、二、一——はじめっ‼」

号令と共に試合開始。

まずは手始めに、得意な火属性の魔術を撃つことにする。

『放ち駆ける矢。燃えよ赤く赤く。飛びて空へ爆《は》ぜろ‼』

詠唱は切り詰め三小節。

放つは中位魔術、第六階梯《かいてい》の術式『緋《ひ》の矢じり』だ。

炎が矢となって放たれ、相手の旗へ飛んでいく。

——が、着弾する寸前、オルトさんの生み出した水壁に阻まれてしまった。

狙いは正確だったけど、さすがに一発じゃ旗を落とせないようだ。

「詠唱早っ⁉　何今の怖いですね⁉」

オルトさんは叫びつつも、素早く呪文を詠唱している。

呪文の単語から術式を推察し対応。

水属性・第五階梯の術式だ。

こちらの旗を狙い飛んできた水弾を、炎の矢できっちりと叩き落としていく。

旗の無事を確認しつつ、ベレアスさんへと視線を飛ばした。

「ゴーレム……！」

私がオルトさんへ対応している間に、ベレアスさんが魔術を行使していたようだ。

地属性・第七階梯の術式。短時間だけ自由に動くゴーレム、土人形を生み出す魔術だった。

ゴーレムは人間と同じほどの大きさで寸胴《ずんどう》。動きが遅い代わりに、頑丈なのが特徴だった。

ベレアスさんとオルトさん、それにゴーレム。

負けてもペナルティは無い模擬試合だけど……。

やる以上は勝つべし、と。私はお兄様達に叩きこまれていた。

どう対処すべきか、素早く考えを巡らしていく。

——魔術を用いた戦闘行為において。

私のお兄様その二やその三のような例外を除けば、魔術師の戦闘力はおおよそ、魔力量と比例していると言えた。

先ほど、魔力量一万五千オーバーというびっくり数字を叩きだした私に対し、オルトさん達は二人の魔力量を合わせても届かないはずだ。

魔力量ではこちらが有利だが、それでも数の不利は存在している。

『放ち駆ける矢。燃えよ赤く赤く。飛びて空へ爆ぜろ‼』

ゴーレムを砕こうとした私の炎は、寸前でオルトさんの水の魔術で防がれてしまった。

詠唱速度自体はこちらが上だが、相手の旗を狙うとゴーレムの接近を許してしまい、先にゴーレムを潰そうにもオルトさんが妨害してくる。

攻撃の手を少しでも休めると、たちまちこちらの旗へ、オルトさんの魔術が飛んできた。

「あちらは同僚二人組だけあって、連携し慣れていますね」

背後でルシアンが呟いた通り、二人同時に相手にするのは、そこそこ面倒な組み合わせだった。

魔術というのは強力な術式であればあるほど、詠唱による隙ができてしまうものだ。模擬試合の形式上、距離をとって詠唱時間を稼ぐこともできないため、上位の術式の使用は難しかった。

「でも、やりようはあるのよね」

魔術を使った駆け引きについては、嫌になるほどお兄様達に叩きこまれている。

そのいくつかを、実践へと移すことにした。

『――輝きの腕。手かざしを開きたまえ‼』

「うっ⁉」

魔術の炎が弾け、まばゆい光をまき散らした。

火属性・第五階梯の術式による、閃光弾《せんこうだん》のような効果の魔術だ。

直前に相手も気づき目を閉じたようだが、数秒は視界が奪われるはずだ。

その間に素早く詠唱を行い、ゴーレムの姿を観察した。

ゴーレムは術者により自由に操れるのが長所だが、今はそれが仇《あだ》になっている。

ベレアスさんの目が見えないため、ゴーレムは無防備になっていた。

私に狙い撃ちされないよう、前後左右に動かすのが精いっぱいで、こちらの旗へ向かう余裕は無いようだ。

試しに二、三発ほど炎の弾を撃ってみるが、でたらめな動きのせいで案の定外れてしまった。

『――爆ぜよ水球‼』

そんなことをしているうちに、オルトさんの魔術が飛んでくる。

若手有望株だけあり、さすがに立て直しが早かった。

ゴーレムを援護しつつ、正確にこちらの旗を狙ってくる。

ベレアスさんも視界を取り戻したようで、ゴーレムの動きが鋭くなった。

じりじりと旗へ近づき、ほんの数メートルまで迫ったその瞬間。

『――薙《な》げや青のかいな‼』

勝利を確信した声色で、オルトさんが魔術を放った。

ゴーレムへと向かう私の炎の刃が、水の壁に払われかき消える。

障害が無くなった空間を、ゴーレムが一直線に突き進み――

「なっ⁉」

「はあっ⁉」

響くオルトさん達二人の悲鳴。

二人の視線の先で、ゴーレムの高さが半分ほどになっている。

足元に出現した沼に、自重で沈んでいるからだ。

動揺する二人の隙をつき、高速で呪文を詠唱した。

『放ち駆ける矢。燃えよ赤く赤く。飛びて空へ爆ぜろ‼』

「しまったっ⁉」

ばしゅう、っと。

炎の矢に貫かれ、オルトさん達の旗が燃え落ちていく。

こちらの旗はほつれ一つなく健在。私の勝利だった。

「そこまでっ‼　両者速やかに魔石を外してください‼」

試合終了を告げる、ボドレー長官の叫び声が響いた。

指示に従い、素早く紋章具から魔石を取り外す。

紋章具本体ほどではないが、動力源の魔石もそこそこに高価だ。

魔石内部にため込まれた魔力を無駄にしないよう、こまめな節約が大切だった。

「……レティーシア様、お強いですね。完敗いたしましたよ」

手を上げ褒めたたえながら、対戦相手だったベレアスさんが近づいてくる。

こちらの旗の手前、沼に沈み込むゴーレムをしげしげと観察していた。

「地属性の魔術による沼、ですね。レティーシア様は火属性の魔術が得意だと聞いていましたが、グレンリード陛下の生誕祭の時などは、地属性の『整錬』も使いこなしていたと聞いています。火属性だけでなく、地属性もお手の物ということですか」

ベレアスさんの問いに頷いた。

実を言えば地、水、火、風の四属性とも、中位術式までなら使うことが可能だ。

けれどもあえて、模擬試合中は火属性の魔術ばかり使うことで、他の三属性の魔術への警戒心を煽《あお》らないようにしていた。

「遅延術式による足元狙いの罠《わな》作製。基礎的な戦術ですが、運用がとても巧みでした」

遅延術式と呼ばれる魔術式は、詠唱後すぐにではなく、一定時間後に発動するよう調節が可能だ。前世で言う時限爆弾、あるいはタイマー式の罠のようなものだった。

模擬試合中、魔術による目つぶしを行った隙に、こっそり詠唱を行い罠を仕掛けていたのだ。

「まだお若いのに、遅延術式まで使いこなし、素晴らしいの一言ですね。狙ったタイミングで、遅延術式の場所へゴーレムを誘導する、見事なお手並みでした。模擬試合の終盤、こちらが押しているように感じていましたが、あれも罠にかけるための演技だったんですよね？」

「はい。無事成功して良かったです」

勝算の言葉に、やったぁと内心でバンザイする。

私のお兄様その三、クロードお兄様曰《いわ》く。

『自分が有利だと思っている相手ほど、罠をしかけやすいものだよ』

だ、そうだ。

お兄様の教えに従い、私も遅延術式を用いた罠作り、沼ドボン戦術（命名：昔の私）の訓練をしている。祖国を離れ、ここしばらくは模擬試合もご無沙汰だったけど、きちんと訓練が生きたようだった。

「今回は、罠にはめる相手がゴーレムだったからやりやすかったですよ。人間よりずっと、動きが遅いですから」

「それにしたって、簡単なことではないはずだ。遅延術式の発動タイミングは、詠唱した時点で決めなければならないものです。少しでも発動がズレたり、ゴーレムの位置が違ったら、沼を避けられて終わりになってしまうでしょう？　たいしたお手並みですよ」

「ふふ、ありがとうございます。でも、私はまだまだですよ」

ちらと沼ドボンしたゴーレムを見つめる。

胴体半ばまでを呑《の》み込む沼は、おおよそ直径三メートルほどと、ゴーレムより二回りほど大きかった。

……うーん、やっぱり、まだまだ対象に対して、沼が大きいのが残念だ。

私の沼ドボン戦術の師匠・クロードお兄様の手にかかれば、相手の体ぴったりジャストサイズの沼に、狙ってドボンさせることが可能だった。

「クロードお兄様のピンポイント沼ドボン戦術、それはもうえげつなかったものね……」

「……心の底より同意いたします」

小声で呟くと一瞬、傍らのルシアンが苦虫を噛みつぶしたような顔をしていた。

クロードお兄様のピンポイント沼ドボン戦術、主な被害者はルシアンとそして私だ。

よく小さな私の遊び相手になってくれたクロードお兄様だけど、訓練の時は容赦なかった。

遅延術式で作られたジャストサイズの沼に、何十回とドボンさせられたものだ。

私を可愛がるクロードお兄様の術式だけあって、泥で満ちた沼に落ちるだけの、大きな怪我はない安心安全戦術だったけど……。

「もう二度と、沼には落とされたくありませんね」

ルシアンの呟きに全力で同意だった。

こちらの動きを読み切られた敗北感と全身泥まみれが重なって、なかなかに精神的ダメージが大きい戦術の使い手のクロードお兄様だった。

「――レティーシア様、どうなさったのですか？」

「……いえ、なんでもありませんわ」

クロードお兄様との麗しき泥まみれの日々から、現在へと意識を戻した。

ベレアスさんの方を見ると、沼にはまったゴーレムが、早くも形を崩し始めている。

ゴーレムを作製する地属性・第七階梯の魔術式『土くれの人形』は便利だが、ゴーレムは数分もすると土へ還《かえ》ってしまう。

最近私が多用している『整錬』のように、長期間形を維持する物体を生成する魔術式は珍しいのだった。

「ベレアスさんのゴーレムの操作、とてもお上手でした。得意な魔術式なのですか？」

「ええ、そうです。レティーシア様の鮮やかな魔術の手並みには及ばないかもしれませんが……これでも私は長年、戦闘用に魔術の研鑽を積んでいますからね」

「ベレアスさんは謙遜しすぎですよ。うちの魔術局の中だと、実戦の腕はかなり上の方じゃないですか」

ベレアスさん、それにオルトさんも加わって、魔術についての会話をしていく。

「レティーシア様の魔術の腕は、さすが魔術大国のエルトリア王国出身というだけありますね。一定量以上の魔力を持ったエルトリア貴族子弟は皆、王立エルトリア学院で魔術の腕を磨くんですよね？」

王立エルトリア学院。

私が通っていた学院であり、婚約破棄を突き付けられた現場であり、前世の記憶を取り戻した場所だった。

「はい、その通りです。私もこちらに来る前に通っていましたし、わが家のお兄様達三人も通っていました。学院で知識を蓄えたお兄様達によって、私も幼い頃から、魔術の訓練をつけてもらっていたんです」

「レティーシア様のお兄様達ですか……。上のお二方については、お名前を聞いたことがあります。グラムウェル家の次男、ベルナルト様と言ったら、『雷の槍』の英雄として有名ですからね」

同じ魔術師として尊敬していますよ、と。

賞賛の言葉を向けるベレアスさんに、妹として微笑みを返しておく。

私のお兄様その二・ベルナルトお兄様。火属性と風属性の複合術式である雷の魔術が得意で、軍人としてもとても優秀なため、それなり以上の有名人だった。

若くして英雄扱いされたりもしているけれど……性格がなかなかにアレである。

こう、外見はキラキラした少女漫画の登場人物みたいだけど、中身はバリバリの武闘派な少年漫画属性というか……。

職務には忠実だし真面目だけど、それはそれとしてかっ飛んだ人格の持ち主だった。

妹である私を鍛えるのも大好きで、祖国にいた頃はよく、私、ルシアンとクロードお兄様ともども、スパルタ特訓に巻き込まれていたからね……。

「いつか私もベルナルト様にお会いして、指南していただきたいものです。この魔術局の中で、私はそこそこの手練《てだ》れですが、我がヴォルフヴァルト王国はエルトリア王国に比べ、魔術の戦闘運用は盛んではありませんからね。エルトリア王国でも高名なベルナルト様にお会いできれば、色々と勉強になると思います」

ベレアスさんの言葉はお世辞などではなく、本心からの熱が感じられた。

向上心豊かで、魔術の腕を磨きたい性格のようだ。

「レティーシア様、こちらへ少しよろしいでしょうか？」

ボドレー長官が横から声をかけてきた。

「はい、なんでしょうか？」

「くるみ鳥の準備ができたそうです。あのくるみ鳥もレティーシア様に会いたいと、そろそろこちらへ――」

「ぴぴいっ‼」

ボドレー長官の声を遮り、クリームイエローの毛玉がこちらへ突進してくる。

「ぴっ‼」

「わっ……‼　ふふ、くすぐったいですね」

もっふりと、上半身がくるみ鳥の羽毛で包まれている。もふもふとした見た目通りの、どこまでも柔らかくほんのりと温かい、極上のくるまれ具合だった。

私との再会が待ちきれなくなって、突撃してきたようだ。

くるみ鳥の思うがまま、しばらくの間くるまれていると、やがて満足したのか、細い足を折りたたみ、ちょこんと隣で座り込んだのだった。

◇◇◇

くるみ鳥の世話の仕方と注意点について、魔術局の魔術師から説明を受けた後。

その日はひとまず、離宮へと帰ることになった。

まだ色々と話すことやくるみ鳥の羽の件もあるので、今後も定期的に訪れる予定だ。

「……狭いですね」

帰りの馬車の中、ルシアンがぼそりと呟いた。

行きとは違い、くるみ鳥が増えているからだ。

「ぴよぴ？」

こっち見てどうしたのー？

と言うように、くるみ鳥がルシアンへと首を傾げた。

くるみ鳥は床に座り込み、頭を座面にあずけ馬車に揺られている。

王妃の私の馬車だけあり、それなりに内部は広いため、窮屈というほどではない気がした。

「……レティーシア様のお隣には、いつも私が座っていたのですが……」

「ぴよちゃん、くっついて離れなかったものね」

すぐ隣の座面に、頭を乗せたくるみ鳥――ぴよちゃんを右手で撫でてやる。

ぴよちゃん、もとい、『ぴよ』と名付けたのは私だ。

とっくに成鳥だったぴよちゃんだが、正式な名前は持っていなかった。

魔術局で飼われているくるみ鳥に対しては、懐かれた魔術師が名付け親になるのが習慣だ。

今まで特定の懐いた相手のいなかったぴよちゃんは、『黄色いの』『食わず嫌い』『そこの毛玉』など、思い思いの呼ばれ方をしていたらしい。

「ぴよちゃんの名付け親になったんだもの、しっかり面倒みないとね」

ぴよぴよと鳴くからぴよちゃん。

わかりやすすぎるネーミングだけど、呼びやすいし見た目にもあっていると思う。

ぴよちゃんにも不満は無い……というか、それが自分の名前だと認識しているかまだ怪しいけど、今のところ問題は無さそうだった。

「……でも気になるのは、ぴよちゃんはどうして、私に懐いたのかしら……？」

「レティーシア様を慕う気持ちはよく理解できますが、確かに少し不思議ですよね」

ルシアンと共に首を捻った。

懐いてくれるぴよちゃんは可愛らしいが、そこは謎のままだ。

どうも私は魔力量がずば抜けているようで、魔力が好きなくるみ鳥に、懐かれやすいのは確かだけど……。

魔術局に飼われていたくるみ鳥達は、私以外にも懐いた相手がいた。

成鳥になってなお、誰にも特別懐いていなかったぴよちゃんは、珍しいくるみ鳥のようだ。

そんなぴよちゃんが、出合頭に私に懐いた理由。

ただの偶然か、それともとんでも魔力量、つまり前世の記憶が戻った影響なのだろうか……？

「………」

右手を前にかざし、体内の魔力を操作し集めていく。

慣れた動作だったけど、注意して魔力を感じると、確かに数か月前に比べて、格段に魔力量が増えているのがわかった。

……ここのところ、料理してもふもふ達を愛でのんびりするのに忙しくて、魔術に向き合う時間は少なめだ。

たぶん、この国に来てから一番真剣に魔術を使ったのは、ケイト様に協力するために『整錬』で、塩のシャンデリア作りに試行錯誤していた時だ。

あの時も気が急《せ》いていて深く考える余裕がなかったけど、予想よりも多い回数、『整錬』が使えたのを覚えている。

てっきり、体内の魔力の有効活用率が高まった恩恵だと思っていたけど、どうも魔力の絶対量自体が増えた影響もあったようだ。

思い出した前世の記憶と共に、魔力に関するいくつかの変化も確認している。

一つ目に、魔力を持たない前世の記憶を思い出したことで、体内の魔力をある種の異物として鋭敏に感じられるようになり、魔力の有効活用率がぐんと上昇していること。

二つ目に、詳しい仕組みは謎だが、魔力の絶対量自体が増え、今も増え続けているのかもしれないこと。

どちらも聞いたことの無い現象だ。

今のところ、自覚できたのはこの二点だけだけど……。詳しく調べれば他にも変化があって、その変化こそがぴよちゃんに気に入られた理由かもしれない。

「……気になるわね……」

一度気づくと、むくむくと疑問がわいてくる。

前例の無い現象である以上、書物にあたっても答えは見つからない気がする。

自分自身で様々な実験をして、地道に解き明かすしかなさそうだけど……。

「離れて初めてわかるありがたさってあるわよね……」

実家のグラムウェル公爵家を思い出す。

魔術強国であるエルトリアで、長年公爵として続いてきた家だけあって、グラムウェル公爵家管理下にはたくさんの、魔術の計測器や実験設備を抱えていた。

ここ数年は王妃教育の方に熱を入れていて、魔術研究に関してはあまり関心が無かったけど、今思うとなかなかに恵まれた環境だ。

今日訪れていた魔術局にも計測器は置かれていたけれど、あいにく私は部外者だ。

先ほどうっかりと、魔力量の計測器を壊してしまったように。

実験でどんな非常識な結果が飛び出すかわからず、魔術局での実験も難しそうだ。

……幸い、魔力関連で特別困っていることは今のところ無かった。

実験と検証を焦る必要は無いけれど、すっきりせず気持ち悪かった。

「ぴっ！」

「……よしよし。撫でで欲しいのね」

私の事情を知らないぴよちゃんが、嘴を膝に乗せ甘えてきた。

お望み通り撫でてやると、瞳が細く糸のようになり、気持ちよさそうな顔をしている。

羽毛の手触りにうっとりと、こちらも目を細めてしまった。

撫でているとそれだけで、悩みが消えて行ってしまいそうだ。

くるみ鳥の羽毛を使った寝具は、使用者の魔力の回復を早める効果があり使い心地も抜群で、とても高級品だと聞いている。

「コツコツとぴよちゃんの羽を集めたら、そのうち布団ができそうね」

極上の寝心地を楽しみにしていると、馬車が次第に減速していく。

離宮の馬車止まりへと降り立つと、すぐ後ろにぴよちゃんがついてきた。

初めての離宮をきょろきょろと見ながら、ちょこちょこと歩き回っている。

「きゅあっ？」

上空から鳴き声が降ってくる。

翼をはためかせた、グリフォンのフォンだった。

私の隣に降り立つも、見慣れないぴよちゃんに警戒した様子だ。

「ぴっ‼」

「くあっ⁉」

猛然と、ぴよちゃんが突進してきた。フォンに体をすり寄せ、自慢の羽毛でくるもうとしている。くるみ鳥であるぴよちゃんの、魔力に惹かれる本能のようだった。

「きゅあぁっ……？」

もふもふすりすりとするぴよちゃんに、フォンは戸惑っていた。ぴよちゃんに敵意がないため、爪による攻撃こそしていないが、困ったようにこちらを見てくる。

「ぴよちゃん、フォンが困ってるから離れてね」

懐から鈴を取り出す。ボドレー長官から贈られたものだ。

魔術局で育てられたくるみ鳥は、鈴の音に従うよう躾けられている。

今手にしている鈴は、『誰にも触らず立って』という命令を伝える音だ。

「ぴぃ……」

思ったよりあっさりと、ぴよちゃんはフォンから離れてくれた。

安心していると、今度はぴよちゃんが、こちらに体をすり寄せてくる。

『やっぱり自分、こっちの魔力の方が好みです！』

と言わんばかりのすりすりっぷりだ。

鈴の音にあっさり従ってくれたのも、私の魔力が本命だからかもしれない。

「……不躾《ぶしつけ》な毛玉鳥ですが、フォンを全く恐れないのは度胸がありますね」

呆れ半分、感心半分といった声色で、ルシアンが呟いている。

ぴよちゃんは体こそ大きいが、翼は小さく全体的に丸っこかった。立派な翼に猛禽《もうきん》の爪を持つフォンと並ぶと、あまりにひ弱な印象だ。

「くるみ鳥は、愛され属性だからでしょうね」

「……愛され属性？」

護衛として同行していた、キースが首を捻っていた。

「……どういうことですか？　俺、くるみ鳥はかわいいと思いますが、野生の獣からしたらかわいらしさは関係なく、弱っちいくるみ鳥は格好のエサになりませんか？」

「キースは幻獣の定義は知ってる？」

「えっと、確か、なんらかの強い魔力を帯びた生き物、でしたよね……？」

正解だ。

様々な姿かたちの種類がいる幻獣だけど、その生態に魔力が大きく関わっているという一点で、他の獣とは明確に区別されている。

ヘイルートさんが連れていた鱗馬《りんば》のような、地球では見たことのない姿をした生き物でも、これといった魔力を持っていなければ、この世界では普通の生き物として扱われていた。

逆のケースで、いっちゃんのように外見が猫そっくりであっても、植物の成長を促す特殊な魔力を持っているなら、幻獣として扱われることになるのだ。

「……ちなみにグリフォンであるフォンの場合は、空を飛ぶ時、よく見ると翼が光を帯びている。翼の周りの風を操ることで、あの大きな体でも、空を飛ぶことができるのだ。

「幻獣にとって、魔力は生きていく上でかかせない存在よ。そしてくるみ鳥の羽毛は、魔力をため込みやすい性質を持っているの」

「……えぇっと、つまり……？」

キースは疑問符を浮かべたままだ。

獣人であり騎士であるキースは、魔力や魔術に関しては疎いようだった。

「人間や幻獣は体の表面からいつも、微量の魔力が漏れているものなの。通常は垂れ流すしかないその魔力を、くるみ鳥は羽に蓄えてくれるのよ。チリも積もれば山となる、という言葉があるでしょう？　くるみ鳥と仲良くしておけば、いざという時にため込んだ魔力を貸してくれるのよ」

「なるほど……。それは心強いですね」

キースも納得できたようだ。

「野生のくるみ鳥は多くの場合、他の幻獣と一緒に暮らしているそうよ。幻獣の側も、くるみ鳥の特徴を知っていて大切に保護するから、共生関係を築いているみたいね」

「弱っちそうな見た目でも、上手いこと生きてるんですね」

「すごいわよね。ヒヨコが鶏にならないまま大きくなったような愛らしい姿も、ふわふわとしたこの羽毛が、一番魔力をため込みやすいからなんでしょうね」

くるみ鳥は面白い生き物だ。

その愛くるしい見た目と珍しい性質のおかげで、いくつもの興味深い話が伝わっている。

「過去の目撃談の中には、ドラゴン狩りに向かったら巣にくるみ鳥がいた、なんて話もあるわ」

ドラゴンの後ろから、もふもふとしたくるみ鳥が出てくる光景。

気が抜けるような、可愛らしい場面にも見えるが、目撃した張本人にとっては笑えなかった。

「ドラゴンと死闘を演じ魔力切れに追い込んだと思ったら、くるみ鳥からの魔力供給でドラゴンの魔力が復活するのよ……」

よくドラゴンを追い詰めましたもう一回戦えます死ぬがいい！

なんてことになるのだ。

「……その狩人《かりゅうど》からしたら、くるみ鳥は死神みたいなものですね……」

見た目によらず恐ろしいもふもふですね、と。

おののいた様子のキースが、ぴよちゃんを観察している。

「きゅあ……？」

フォンも、首を傾げながらぴよちゃんを見つめていた。

賢いフォンには、ぴよちゃんに敵意や危険が無いとわかったらしい。

そうすると、魔力をため込みやすいぴよちゃんの羽毛は魅力的なようで、ぴよちゃんが近づいてきても、されるがままくるまれているようだ。

精悍《せいかん》なフォンの体が黄色の毛玉に埋まっているという、なかなかに面白い光景だった。

「ぴぃ！」

「くぁぁ？　くいきゅあっ‼」

鳥に似た姿の幻獣同士、何やらおしゃべりのようなことをしている。

どこまで意思疎通ができているかはわからないけど、相性は悪くなさそうだ。

嘴をつつき合わせる二匹を微笑ましく思っていると、ぴよちゃんがふらりとフォンから離れた。

「フォンとはもういいの？」

「……ぴっ‼」

ぴよちゃんは周りを見回すと、二本の足でちょこちょこと走り出した。

気になるものがあるようだ。

「にぎゃっ⁉」

通りすがりのいっちゃんへ、ぴよちゃんが近づいていった。

いっちゃんが緑の目を丸くして、するりと木の上へ登っていく。

「ぴよっぴ‼」

「……」

木の下で飛び跳ねるぴよちゃんを、いっちゃんが無言で見下ろしている。

苺には目が無いいっちゃんだけど、それなりに警戒心の強い性格だ。新参者のぴよちゃんに、近づこうとしないようだった。

「ぴよちゃん、こっちよ。今日のところはそっとしておいてね」

鈴を鳴らし、ぴよちゃんをこちらへと呼び寄せる。

ちらりといっちゃんに視線を送ると、これ幸いと木から降りてきた。

「にゃっ‼」

『今日のところは、毛玉鳥がいるから退散します』

と言うように尻尾を一振りすると、木々の向こうへと消えていった。

「いっちゃん、どこへ向かっているのかしら……？」

謎だ。

数日前、王家の薔薇園から帰ってきた時も、いっちゃんは離宮から別方向へと歩いて行った。

苺畑のある方向とも違うため、少し気になっている。

猫のように自由気ままないっちゃんだから、ふらっと散歩でもしているのだろうか？

疑問を覚えつつ、離宮の建物へ入っていったのだった。

五章　いっちゃんを探して

いっちゃんの行く先が気になりつつも。

それからしばらく、私はそこそこ忙しく動くことになった。

侍女見習いになったレレナの様子を見つつ、新入りのぴよちゃんの世話を指示し、ジルバートさんとあれこれ料理し、ケイト様とナタリー様の間を取り持ち、狼達をもふもふとし、魔術局にも顔を出して……。

祖国で王妃教育に励んでいた頃や、前世のブラック社畜時代には程遠いけれど、この離宮に来た当初と比べるとやることが増えてきている。

やっていることの半分（か半分以上）は趣味なので、忙しくも充実した毎日だった。

「レティーシア様、こちら明日のお茶会にいらっしゃる方のお名前です」

ジルバートさんの作ってくれた昼ご飯を食べた後。

私は自室で、ルシアンが差し出してきたリストを受け取った。

ここのところうちの離宮では、結構なペースでお茶会が開かれている。

きっかけは、ケイト様とナタリー様とのお茶会だ。

三人でクレープを作った日以降も、ケイト様達を離宮に招き、お茶会と料理を楽しんでいた。

おかげでだいぶ、ケイト様とナタリー様も打ち解けてきたわけだけど……。

二人の変化を見ていたのは、もちろん私だけではなかった。

ナタリー様の実家は王国西部を、ケイト様の実家は王国東部を治める公爵家だ。

公爵家はそれぞれ、王国西部と東部の貴族で作られた派閥の中心に位置する存在だった。

公爵令嬢であり次期王妃候補であるナタリー様とケイト様は必然、令嬢達に憧れられ注目を集める立ち位置だ。

「そんなお二人が、この離宮で仲良くお茶会をしていると知られたら……。自分もお二人のように、この離宮でお茶会をしたい、って考えるご令嬢が出てくるわよね」

そう考えた令嬢達は、それぞれケイト様とナタリー様の元へ相談とお願いに行ったようだ。

私の元にも何通も、お茶会を開催してくれませんか？　という手紙が来ていた。

この離宮でなら獣人も人間も、一緒にお茶会ができるのも手紙の理由の一つだ。

この国、ヴォルフヴァルト王国は元々、五つの小国が寄り集まりできた国だ。

地域ごとの違いが大きく、ナタリー様の出身の王国西部では人間が、ケイト様出身の王国東部は獣人がそれぞれ人口の大半を占めている。人間と獣人は互いを見下し不仲であることが多く、王国西部と東部の関係も、お世辞にも良いと言えないのが現状だ。

別種族へと歩み寄ろうとする人々も存在しているけれど……。現在のこの国の状況では、歩み寄る意思を大々的に示し、互いの屋敷に別種族の相手を招くのは難しいようだった。

「……そんなところに、私の離宮が登場したのよね」

リストに目を通しつつ呟く。

私はこの国の出身ではなく、王国西部と東部の長年のしがらみにも無関係だった。

そんな私の離宮であれば、王国西部の人間と、王国東部の獣人がお茶会に同席して。

個人的な繋がりを持ち関係を深められるかもしれないと、令嬢達は考えたようだった。

「私としても、そんなご令嬢達の願いは尊重したいものね……」

人間と獣人の間には大きな溝が横たわっている。

その溝を埋め、令嬢同士、ひいては貴族同士の関係が改善すれば、国全体も良い方向に向かうはずだ。そのためならば、この離宮でお茶会を開くくらい、協力したいと思っていた。

「メディーシナ伯爵家のジェリカ様に、バルツ男爵家のラナ様ね……」

リストの名前と頭の中の情報をつなげ確認していく。明日のお茶会は出席者が多く十人ほど。その中に二名、大物の参加者が混じっていた。

「明日はイ・リエナ様と、フィリア様も参加なさるのよね」

王国北部と南部出身の公爵令嬢であり、ケイト様達と同じ次期王妃候補の二人だ。

ここのところもっぱら、私の離宮でのお茶会は好評を博している。

イ・リエナ様達の元にも噂が届き、参加を希望されたのだった。

「私の離宮に招くのだから、しっかりおもてなしをしないとね」

万が一にも手違いがあったりしないように。

お茶会で出すお菓子の確認をすべく、私は厨房に向かおうと自室を出た。

廊下を進んでいると、向こうから小さな影が歩いてくる。

「レレナ、今日も頑張ってるわね」

布の山が、歩いているような姿だ。

両手でリネン類を持ち積み上げ、一度に十数枚を運んでいる。

まだ十歳のレレナだが山猫族、つまり獣人だった。既に人間である私と同じか、それ以上の筋力があるらしい。獣人の身体能力を生かし、侍女見習いとして毎日、よく働いているようだった。

「ありがとうございます！　レティーシア様とルシアン様も、お仕事頑張ってくださいね」

布の山を抱えたまま崩すことなく、レレナがぴょこんとお辞儀した。

獣人だけあって、バランス感覚も良いようだ。レレナは仕事の呑み込みも早く健気《けなげ》な性格のおかげで、離宮の使用人達にも優しく見守られていた。

「レレナ、そちらのリネン類でしたら今の時間、一階の階段下にもって行くと良いですよ。そちらの方に、アイロン係であるミーシャさんがいますからね」

「わかりました！　ありがとうございます！」

アドバイスをしたルシアンへ、レレナが明るい笑みを浮かべた。

ルシアンも時々、レレナの侍女教育を行っている。

物腰穏やかで親切、離宮内の使用人事情に通じているルシアンを、レレナは尊敬し懐いている。

……少しルシアンが羨ましくなる。

王妃である私に対してレレナは、どうしても遠慮と距離感があった。

身分の違いがあるとはいえ、寂しい気分になる。

「……レレナも離宮に馴染んできているみたいだから、それで満足しておかないとね」

シーツを抱え遠ざかっていく背中へ、一人呟いたのだった。

◇◇◇

翌日のお茶会は、予定通りの時刻に始まった。

よく晴れていたため、庭先に出したテーブルセットでの開催だ。

十人の参加者を三つのテーブルへそれぞれ案内し、お菓子と会話を楽しんでもらうことにする。

家格や令嬢同士の関係に配慮し、話の合いそうな組み合わせで割り振ったつもりだ。

この場にいないケイト様やナタリー様も、離宮でのお茶会開催を応援してくれている。彼女達からもらったそれぞれの派閥の令嬢の情報は、席割の役に立っていた。

「ごきげんよう、レティーシア様。お茶会にお招きいただき嬉しいですわ」

ゆったりとした口調で、イ・リエナ様が話しかけてくる。

私が座るのは、イ・リエナ様とフィリア様と同じテーブルだ。王妃候補である二人との会話は、他の参加者達では荷が重い。私が直に二人をもてなすためにも、この席割りにしていた。

「ふふ、レティーシア様のお菓子を食べてみたいという妾《わらわ》のわがまま、叶《かな》えてくれて嬉しいわぁ。この子もほら、レティーシア様に会えて嬉しそうにしているでしょう？」

イ・リエナ様の横できつね色の尻尾が五本、もふりと揺れ動いた。

イ・リエナ様の伴獣、二つ尾狐《ぎつね》の尻尾だ。

二つ尾狐の中でも珍しい、五本の尻尾を持つ伴獣は、椅子の横で優雅にくつろいでいる。

尻尾はよく手入れされているようで、毛並みに艶やかな光を宿していた。

「イ・リエナ様の伴獣は、今日も美しく愛らしいですね。揺れ動く尻尾をいつまでも、見ていることができそうです」

「ふふ、今日もお上手ですわねぇ。この子も褒められて喜んでいますわ。お礼に撫でてくれとせがんでいますもの」

「本当ですか？　せっかくですし、撫でてみてもいいですか？」

「どうぞどうぞ。ご自由に撫でてくださいませ」

イ・リエナ様の許可が下りる。

やったぁ！　待望のもふもふタイムだね‼

椅子を立ち二つ尾狐へと近づく。

すると触りやすいように、尻尾が顔の前に持ち上げられる。

もっふりとしたきつね色の毛が左右に揺れる、とても魅力的な姿だ。

「ふふ、気持ちいい。とても良い毛並みをもっているんですね」

頬が緩みすぎないよう気を付けながら、もふもふを堪能していく。

二つ尾狐は撫でられている間も、尖った耳を立て澄ました表情をしている。

ほっそりとした顔つきには気品が感じられ、マズルの先にちょんと乗った黒い鼻が可愛らしい。

美しく艶やかな、イ・リエナ様とお似合いの伴獣だ。豊かな毛におおわれた尻尾を従え、貫禄《かんろく》さえ感じる姿に、伝説の九尾の狐、『玉藻の前』を連想してしまった。

尻尾の数があと四本足りないけれど、もし玉藻の前が実在していたら、狐の時の姿は、こんな感じなのかもしれない……などと与太話を考えながら、なでなでタイムを終了させた。

ルシアンが持ってきてくれたボウルの水で手を洗うと、お菓子に手を付けることにする。

「美味しいです。このしふぉんけーきというお菓子、口にするとほわほわとしていて、雲を食べているみたいですね」

フォークを手に、フィリア様が舌鼓をうっている。

フィリア様は王国南部出身の、黒髪の公爵令嬢だ。

十八歳と私より年上だけど、十代半ばにも見える可憐な容姿をしている。体格も小柄で、細い指でフォークを握り、上品にシフォンケーキを口へ運んでいた。

シフォンケーキへの誉め言葉のように、ふわふわとした印象の、可愛らしいご令嬢だった。

「フィリア様、面白い表現をなさいますわねぇ。シフォンケーキ、お気に入りになりそうですの？」

こちらも優雅にシフォンケーキをつまみながら、イ・リエナ様が声をかけた。

「ええ、だって、とっても美味しいんですもの。雲を口にしたみたいで、いくらだって食べられると思いませんか？」

「妾はあいにく、雲を食べたことはありませんが……。美味しいという感想には同意しますわぁ。

このケーキを味わえただけで、このお茶会に来た甲斐がありますものぉ」

にこやかに会話する、イ・リエナ様とフィリア様。

次期王妃候補として対立関係にある二人だが、険悪な雰囲気は感じられなかった。

本心から仲が良いわけではないと思うけれど……。

面と向かっての敵対は、避ける性格のようだった。

ふふふ、おほほ、と和やかだが素が見えない表情で笑いあっている。

イ・リエナ様は腹の中ではかりごとを巡らせていそうだし……。

……フィリア様はどうなんだろう?

可憐な顔立ちと雰囲気の方だけど、感情がわかりにくい相手でもある。

二人と歓談し観察しながら、お茶会は過ぎていったのだった。

◇◇◇

お茶会はつつがなく終わりを迎えることができたようだ。

私達以外の二つのテーブルでも、茶菓子の話題をきっかけに会話が弾んだらしい。

人間と獣人という関係上、ややぎこちない場面もあったが、お茶会が終わるころにはそれなりに楽しそうに会話が交わされていた。

「今日のお茶会も成功したみたいね」

イ・リエナ様達を見送ると、お茶会の片づけの指示を出していく。

シフォンケーキなどお茶菓子は好評だったけど、基本的に令嬢達は小食だ。

別種族との会話とコネ作りが目的でもあるため、茶菓子の消費は控えめだった。

「わぁ……‼　今日のお菓子も、とっても美味しそうです……‼」

片づけにやってきたレレナが、キラキラと目を輝かせている。

いつもの背伸びした様子は隠れ、子供らしくうきうきとしているようだ。

……そういえばレレナの姉のクロナも、甘いものに目が無かったな、と。

懐かしくしんみり見ていると、レレナが手際よくテーブルの上のお菓子の残りを回収している。

お茶会の招待客には、あらかじめ作り箱詰めしておいた、お菓子のお土産を渡してある。

口を付けられなかったお茶会のお菓子は、使用人達に食べてもらうことになる。

令嬢達向けに、ふんだんに砂糖や果物を使ったお菓子は、使用人達のお楽しみなのだった。

「おっ、今日も、美味しそうなお菓子が並べられてたんですね」

ヘイルートさんが声をかけてきた。

画家である彼は、時折この離宮に訪ねてきて会話を交わす関係だ。

今日も身軽に、ふらりとやってきたようだ。

「ヘイルートさん、それにニムルもこんにちは」

「ぎゃうっ‼」

鱗馬のニムルが、頭を上下させ挨拶らしきものをしてきた。

ヘイルートさんはなぜか、犬猫や馬に嫌われやすい体質らしい。

かわりに、二本足で立つトカゲのような姿をしたニムルとの相性はいいようで、馬の代わりに乗用に連れているようだ。

全身が鱗で覆われ、人の背丈より大きいニムルだけど、黒い瞳はつぶらでぱっちりとしている。小さな前足を前で揃え、長い尻尾を左右に揺らす姿は犬のようで、仕草が剽軽《ひょうきん》でかわいらしかった。

「ぎゃぎゃっ?」

ニムルがすんすんと鼻先をテーブルへ寄せ、匂いを嗅いでいた。シフォンケーキなど、この国では見慣れないお菓子が多いので、興味を惹かれたのかもしれない。

「気になるの? 今日はお菓子の余りが多いから、いくつかヘイルートさんにも持って行ってもらいましょうか?」

「やった! ありがたいですね‼」

「ぎゃっ‼」

甘党なのか、ヘイルートさんがずいぶんと嬉しそうにしている。

ヘイルートさんが喜ぶとニムルも嬉しいのか、尻尾をくねくねとくねらせていた。

仲の良い一人と一頭の組み合わせだった。

「せっかく来てもらったのですし、少しお茶をしていきませんか?」

「オレなんかがいいんですか?」

「ライオルベルン王国のお話や、クロードお兄様の話を聞かせてもらいたいんです」

ヘイルートさんはヴォルフヴァルト王国出身ではなかった。

私の祖国・エルトリアの西にある大国、ライオルベルン王国からやってきている。

若くして貴族相手の画家として成功していたこともあって、ヘイルートさんは話題が豊富だ。

加えて、ヴォルフヴァルト王国に来てからは、クロードお兄様とも親交があったようだ。

クロードお兄様はここ数年、仕事で色々な国に派遣されている。妹の私も、なかなか顔を合わせることができていないので、どんな様子か知りたかった。

「喜んで参加させていただきますよ。レティーシア様考案のお菓子の相伴は、大大歓迎ですからね～」

人懐っこく笑いながら、ニムルを繋ごうと厩舎《きゅうしゃ》に向かうヘイルートさんだったけれど、

「うわ、見つかっちゃいましたね……」

「どうしたんですか？」

苦笑を浮かべるヘイルートさんに問いかけると、がさりと茂みが音を立てた。

「ぐぅぅ……！」

現れたのは、不機嫌オーラ全開のぐー様だった。

どうしたんだろうか？

鼻先に皺が寄り心なし毛が逆立っていて、見るからに機嫌が悪そうだ。

「ぐぐっ‼」

芝生を踏みしめやってきたぐー様が、ヘイルートさんをぎろりと睨みつける。

『さっさとこの場から去るがいい』

と言わんばかりの様子で、ヘイルートさんと私の間に立っているぐー様。

無駄に威厳あるその立ち姿に、ニムルが「きゅるる……」とか細い声を上げ、尻尾を丸め縮こまってしまっている。

「ぐー様、もっと穏やかに穏やかに。ニムルが怯えてしまっているわ」

「ぐぅ……」

ぐー様の碧の瞳がニムルを一瞥した。

それだけで、ニムルはますます小さくなってしまい、ぐー様がため息らしきものをついている。

「ぐあぅあ。ぐぐぐぅ……」

『おまえの主人は気に食わないが、罪も無いおまえを怖がらせ悪かった』

と謝罪するように鳴き声を上げると、ぐー様の気配が丸くなった。

「すごいですね、レティーシア様。あのグレ、いえ、ぐー様を制御できるなんてびっくりです」

ヘイルートさんが驚いたような、愉快そうな顔をしている。

にやりとした笑顔で、不満そうなぐー様を見ていた。

「ぐー様はこう見えて意外と、筋の通った言葉は受け入れてくれる狼ですよ」

「ぐあっ？」

『おいおまえ、こう見えて意外ととはどういう意味だ？　色々と失礼な奴だな』

と言うように鼻先に皺を寄せ、ぐー様は不服そうにしている。とても表情豊かな狼だった。

「はは、わかりましたよっと。今日のところはこのまま帰らせてもらいますね。お邪魔虫は退散することにしますよ」

「ぎゃぎゃっ‼」

ニムルの手綱を取ると、ヘイルートさんがひらりと身を躍らせた。

危なげなく鞍《くら》へ座り、ニムルの首筋を撫でている。

細身に見えるヘイルートさんだけど、身体能力は高いようだ。画家も極めると体力が重要らしいので、鍛えているのかもしれないな、と。

ニムルに乗り駆けていくヘイルートさんを見送りながら、そんなことを考えたのだった。

◇◇◇

ヘイルートさんと会話した翌日。

私はグレンリード陛下に招かれ、夕食を共にすることになった。

いくつか聞いてみたいこともあったし、お食事を一緒にできるのがありがたかった。

今日持ってきたのはハム、卵、葉野菜を挟んだ三色サンドイッチと、飴色《あめいろ》玉ねぎのオニオンスープだ。黄金色のスープの中に、バターで炒めた飴色の玉ねぎ。薄切りにされた玉ねぎは甘みがあって、優しい味わいになっている。

持参した網の上にスープ入りの小鍋とサンドイッチを乗せ、魔術の炎で温めていくことにする。

「香ばしい匂いだな」

陛下の碧の瞳が、炙《あぶ》られるサンドイッチを見ている。

表情に変化は無いけど、期待しどこか楽しそうにしている……ように感じた。

「いい匂いでしょう？　こうするとパンがこんがりとして、焼き目がさっくりして美味しいんですよ」

網目模様のついたサンドイッチを、陛下の前へ並べた。

陛下は手に取り少し観察すると、サンドイッチを口へ運んでいく。

「あぁ、これは美味《うま》いな。香りがいいし、パンの表面に歯を立てると中から柔らかい部分が出てきて、ハムの塩気とよく合っているぞ」

ほんの三口ほどで、陛下はサンドイッチを食べ終えたようだ。

気に入ってもらえたかな？

出会ったばかりの頃の陛下は、食への関心が薄いお方だった。なのに今、サンドイッチに対しては、自然と感想を述べてくれていた。そんな陛下の変化に、嬉しくなってきてしまう。

「……どうした？　なぜそんなに笑っているのだ？」

「ふふ、なんでもありませんわ。美味しくいただいてもらえて良かったと思っていたんです」

美味しく食べてくれる人と一緒の食事はとても楽しい。

上機嫌でサンドイッチを食べ、胃を満足させた後は、陛下とお話の時間だ。

食後のお茶を飲みながら、陛下に一つ頼みごとをすることにした。

「……王城の外に出たい？」

「はい、そうです。陛下の許可をいただきたいんです。王妃として街を歩くと人が集まってしまうでしょうから、ひっそりとお忍びで、王都を巡ってみたいんです」

「護衛はどうするつもりだ？」

「すぐ傍には、体術を修めた私の従者・ルシアンを置きたいと思います。他にも何人か、実家から連れてきた護衛に、少し離れた位置で待機してもらうつもりです」

「そうだな、それならば大きな問題はなさそうだが……。念のためこちらからも、護衛の騎士の手配をしておこうか？」

「助かりますわ」

私には自衛能力として魔術があるが、街中で咄嗟には使いにくかった。

ルシアンに加え何人か護衛がいてくれれば、そうそう危険な事態には陥らないはずだ。

「いつ頃、王城の外へ出向くつもりだ？」

「できるだけ早くがいいですわ」

「何か町に用事や、気になるものでもあるのか？」

「王都の食べ物や、流行の店に興味があるんです。私はここのところ、この国のご令嬢方を招いて茶会をしています。彼女達の会話で出てきた王都の人気店や料理を、この目で見て食べてみたいんです」

いいよね食べ歩き。やってみたいよね王都散策。

離宮でまったりするのもいいけど、王都の調査がてら、お出かけも楽しみだった。

「なるほど、確かにお茶会の招待主としては、流行を押さえておいた方がいいだろうな」

陛下が小さく頷いている。

納得してくれたようだ。

「おまえが離宮で開くお茶会は、大層評判がいいと聞いている。一度だけでなく、何度もお茶会を訪れる令嬢もいて人気のようだな」

「ありがたいことです。……人間と獣人、東部出身者と西部出身者。長年の隔たりのせいで、内心交流を望んでもできなかった方が、たくさんいるようでしたからね」

お茶会の目的について、陛下がどう思っているのか。

一歩踏み込んで、陛下に聞いてみることにする。

「……そのようだな。私としても、おまえの茶会がきっかけになって、地域ごと種族ごとの分断が弱まってくれたらと思っている」

良かった。陛下もやはり、お茶会は応援してくれるようだ。

お飾りの王妃でしかない私の行動を、表立って陛下は支援はできないだろうけど、それでも心強いお言葉だった。

「陛下、ありがとうございます。これからも様々な方を招いて、お茶会を開いていきますわ」

「……様々な方、か……」

陛下が何やら呟いている。

私の言葉で、気になることでもあったのだろうか？

どこかむっとしたような、心なし不機嫌そうな気配がしている。

「陛下、どうされましたか？」

「貴族の令嬢達を招き、仲を取り持つのは問題ない。……だがそれ以外の、正体の知れない相手と茶を共にするのは程ほどにしておけ。つい昨日も、訪ねてきた画家を茶に誘おうとしていたんだろう？」

ヘイルートさんのことだ。

特に隠していることではないので、陛下の耳にも入っていたらしい。

「心配していただきありがとうございます。ですが、ヘイルートさんなら大丈夫だと思います。私の兄の友人ですし、彼は入場許可証を持った人間ですから、身元は保証されていますもの」

私の離宮は、王城内の一角に位置している。

王城の敷地は広大で、一部区画を除けば、内部ではある程度自由な行き来が可能だった。

ただしその代わり、王城の中へ出入りするには手続きが必要になってくる。平民の場合、住み込みの使用人以外は、審査を受け入場許可証を提示しなければならなかった。

「……確かに、それはそうであるだろうが……」

私の説明にも、陛下はなぜか納得しきれていないようだ。

ヘイルートさんの存在に難色を示す陛下を見て、私は、

「陛下って少しだけ、ぐー様に似ていますね」

思わずそう呟いていた。

◇◇◇

「陛下って少しだけ、ぐー様に似ていますね」

レティーシアの放った言葉に、グレンリードは一瞬固まってしまった。

(なぜ、どうしてここで、ぐー様の名前が出てくるのだ……？)

動揺を表に出さないようにしつつ、レティーシアの意図を探ることにした。

「いきなり何を言う？　私のどこが、狼に似ていると思うのだ？」

「あ、申し訳ありませんでした。これだけじゃ、意味がわかりませんよね」

そう答えたレティーシアに、変わった点は無いように見受けられた。いつも通りの、美しい笑みを浮かべたままだ。グレンリードは神経を研ぎ澄まし、レティーシアの様子を注視した。

「深い意味はありません。昨日のことなのですが、私の離宮に来たヘイルートさんのことを、ぐー様が威嚇していたんです。ヘイルートさんを邪険にする姿が少しだけ、今の陛下と重なってしまっただけですわ」

「……そういうことか」

そっと内心で、グレンリードは息を吐きだした。

レティーシアの言葉に嘘《うそ》は無い。怪しい様子も無かったし、なによりグレンリードの特別な『鼻』が、彼女の言葉に嘘の気配が無いと伝えてきている。

一安心しつつ、グレンリードは唇を開いた。

「ぐー様とやらが何を考えているかは知らないが、私は別に、そのヘイルートという画家を厭《いと》っているわけではない。ここのところ、おまえは多くの人間を離宮に招いているようだから、警戒心を忘れないよう、一言言っておこうと思っただけだ」

嘘と本心を織り交ぜ、グレンリードは言葉を紡いだ。

（ヘイルートはあぁ見えて、ライオルベルンの王太子に仕える間諜《かんちょう》だ）

そのことにおそらく、レティーシアはまだ気づいていないはずだ。

聡明な彼女のことだから、そうそうヘイルートに出し抜かれ被害を被ることも無いだろうが、なぜか気にかかるのだった。

（……お飾りとはいえ、レティーシアは私の王妃だ。万が一があるかもと、気になるのも自然かもしれない）

そう考え、グレンリードは自らを納得させた。

レティーシアの方も、一見納得しているようだったが、

「そうでしたか。勘違いして申し訳ありませんでした。……ところでグレンリード陛下は、ぐー様のことをどう思っていますか？」

更なる問いを投げかけてきた。

（ぐー様をどう思うか、だと……？）

レティーシアの言葉に、グレンリードは警戒心を強めた。

（私とぐー様が同一人物だと、レティーシアは気づいていないはずだが……）

まだ油断できないと、グレンリードの直感が告げていた。

「お聞かせ願いたいんです。陛下はぐー様のことで何か、知っていることがあるんではないでしょうか？」

「………………」

グレンリードは思考を巡らせた。

ぐー様については過去レティーシアへと、

『珍しい碧の瞳を持つ狼だったせいで、過去に誘拐されかけたことがある。その時の影響で気難しく、また再び誘拐される危険性があるので、狼番の狼達とは別の場所で世話をさせている』

という説明をしたはずだ。

（……だが、レティーシアが今聞きたいのは、その説明ではないだろうな）

考えを整理しつつ、グレンリードは口を開いた。

「逆に聞かせてもらおうか。なぜあの狼のことが、おまえは気になっているのだ？」

「……ぐー様が、ただの狼に思えないことがあるからです」

「瞳の色のことか？」

「それもありますが……」

レティーシアが一度言葉を切った。

紫水晶の瞳には、グレンリードの様子をうかがう光がある。

「ぐー様、ただの狼にしては賢すぎると思います。人間の言葉を、完全に理解しているんじゃないでしょうか？　一度や二度ではなく何度も、こちらの言葉や、その言葉の裏にある意図や感情までも、ぐー様は理解していましたわ」

「……」

それはおまえの気のせいだ、と誤魔化すには。

グレンリードには残念ながら、心当たりがありすぎるのだった。

「国王として多くの人間に会っていると、時折信じられないほど賢い者が現れるものだ。そのぐー様とやらも偶然、狼としては天才的な頭脳を持ち生まれてきたのだろうな」

「……本当にそれだけでしょうか？」

レティーシアの追及は止まらなかった。紫水晶の瞳が、壁のタペストリーを見上げている。

色鮮やかな糸で描かれているのは、ヴォルフヴァルト王国の祖と伝えられる、碧の瞳を持つ銀色の狼だった。

「陛下はライオルベルン王国に二年ほど前に現れた、獅子《しし》の聖獣の話を知っていますか？」

「……あぁ、知っている。噂に聞いただけだがな」

ライオルベルン王国の前王太子が企んでいた陰謀を、金の獅子を従えた令嬢と、現王太子が暴いたという話だ。

ライオルベルン王家の祖は、金の獅子の姿をした聖獣だという伝承があった。

国の危機に復活した黄金の獅子が、現王太子達に加護を与えた……というのが、一般に出回っている噂の大筋だ。

もっとも、無邪気に噂を信じたのは子供や平民に限られている。多くの身分ある人間はこの噂話について、前王太子の悪行から人々の目を背け、現王太子に箔《はく》をつけるための作り話だと捉えられていたが……。

「もしかしたらですが……。ライオルベルン王国では本当に、獅子の聖獣が現れたんじゃないでしょうか？」

「……もし本当だとしたら？」

「この国にも同じように、伝説上の存在とされていた、狼の聖獣がいるんじゃないかと思ったんです」

そう言い切ったレティーシアに、グレンリードは内心拍手を送った。

（よく気がついたな。突飛な推測だが、当たらずとも遠からずだからな……）

さすがに、グレンリードがぐー様に変化しているとまではわからなかったようだけど。

少ない手掛かりから、よくぞ正解に近いところまでたどり着いたものだ。

（さて、こちらはどう返すべきか……）

下手に誤魔化したところで、勘のいいレティーシアは見破るに違いない。

グレンリードは慎重に口を開いた。

「……もしもの話だが……。そのぐー様が我が王家の祖である聖獣だとしたら、おまえはどうするつもりだ？　捕まえて利用するか、それとも怖れ遠ざけるつもりか？」

「いえ、そんなつもりはございませんわ」

グレンリードのたとえ話を、レティーシアはあっさり否定した。

「正体が何であろうと、ぐー様はぐー様だと思います。ぐー様があくまで、ただの狼のフリを続けるというのなら……ぐー様のことを私は、今まで通りかわいがろうと思いますわ」

レティーシアの言葉に嘘は無かった。

それを理解しつつ、グレンリードは思わず呟いていた。

「……私にかわいがられた覚えは無いのだが……」

「何か仰いましたか？」

「……何でもない」

グレンリードは心の中でため息を吐き出した。

（聖獣をあくまで、ただの狼と同じように扱うとは……。器が大きいのか馬鹿なのか……）

どちらにしろレティーシアの答えは、グレンリードにとって悪いものではなかった。

（あの離宮でぐー様として過ごす時間が、私は嫌いではないからな）

グレンリードとしても、そろそろその点については認めていた。

狼達を撫でまわすレティーシアの、気の抜けたあの笑顔を見ていると、癒されるものがあると自覚している。

（幸いレティーシアも、ぐー様の正体について、確たる証拠を掴んでいるわけではないようだ。こちらから正体を明かす気が無い以上、大きな問題にはならないはずだ）

グレンリードは一人頷き、レティーシアへと口を開いた。

「ぐー様について、私が答えられることは他にない。たとえ聖獣であろうと気にしないというなら、今まで通り接してやれば十分だ」

◇◇◇

「ぐー様について、私が答えられることは他にない。たとえ聖獣であろうと気にしないというなら、今まで通り接してやれば十分だ」

陛下の答えに、私はそっと胸を撫でおろした。

ぐー様の正体について踏み込んだ以上、二度とぐー様に近づくなと、そう言われる可能性もあったのだ。

これからも変わらず、ぐー様を撫でることができるのは嬉しかった。

「聖獣、か……」

帰りの馬車の中、ぽつりと呟きを落とした。

ぐー様の詳しい正体については不明なままだが、グレンリード陛下の受け答えを鑑みると、ただの狼でないのは間違いなかった。

「……でもやっぱり、ぐー様はぐー様よね」

あちらから離宮に来てくれるなら、こちらも可愛がるだけだ。

ぐー様は気難しいし偉そうだけど、優しいところもある狼だった。

言葉こそしゃべれないが表情豊かで、落ち込む私を慰めてくれたこともある。

「ぐー様がいなくなったら寂しいものね……」

これからも存分にもふらせてもらおうと、そう思う私なのだった。

◇　◇　◇

「いっちゃんどこ〜〜〜？　ご飯の時間よ〜〜！」

朝の離宮に、私の声が響き渡った。

苺ジャムが乗った皿を手に、いっちゃんを呼びながら歩き回る。

「……今日も来ないわね……」

離宮内部をあちこち歩き、外壁をぐるりと一回りしてみたけど……。

「苺ジャムで釣ってても出てこないとは、やはり離宮近くにはいなそうですね」

こちらも苺ジャムの皿を手にしたルシアンが、小さくため息をついている。

「レティーシア様に受けた恩を忘れ、まさかの家出でしょうか？」

ここのところちょくちょくと、どこかへと出かけていたいっちゃん。行き先が気になっていたが、昨日からはついに、ご飯の時間にも姿を現さなくなっている。

少し心配になっていると、

「いっちゃん、こっちにもいないみたいです」

「確認ご苦労様。助かるわ」

ぱたぱたと、レレナが走り寄ってきた。

表情は冴《さ》えず、唇を噛みしめている。

「……いっちゃんがいなくなったのは、私のせいかもしれません……」

侍女服の裾を握りながら、レレナが震える声で呟いた。

「私が連れてきたメランが嫌になって、いっちゃんは出てっちゃったんですよ……」

黒猫のメランは、いっちゃんを追いかけ回したことがある。

いっちゃんは逃げ回り、私の腕の中に飛び込んできていた。

「……私、それは違うと思うわ。確かにいっちゃんとメランの初対面は穏やかじゃなかったけれど、それ以降は大きな騒ぎも無く、少しずつだけど馴染んできていたわ」

「でもそれは、いっちゃんが我慢してただけじゃないですか？」

「う～ん、いっちゃんも、多少の我慢はしてくれてただろうけど……」

もしいっちゃんがメランや何かに、大きな不満を持ち続けていたとしたら。

無言で家出する前に一度、私へ不平不満を伝え改善を求めていた気がする。

実際いっちゃんは私に対して、『ぴよちゃんが無暗に突撃してこないようにしてくれ』と要求をしていた。

「この国で、苺料理が食べられる場所は限られているわ。少なくとも私の知る限り、この離宮以外で苺料理がありそうな場所は無いもの。苺料理に目のないいっちゃんが、メランが気に食わないという理由だけで、こちらに声もかけず家出するとは考えにくいのよね……」

「……じゃあ、いっちゃんはどうして家出を……？」

そこは私もわからないところだ。

答えを返せないでいると、レレナが再び走り出した。

「……私もう一度、離宮の中を探してきますね！」

レレナの背中が遠ざかっていく。

獣人だけあって、私より足は速そうだった。

「いっちゃん、本当に、どこへ行ってしまったのかしら……？」

心配だが、いっちゃんのことだから、何事も無くするっと帰ってくる気もする。

今は苺の旬が終わり、初夏から夏へさしかかる時期だし……。

「……もしかしていっちゃん、渡り鳥みたいに、また来年の苺の旬の時期に、ここへ戻ってくるつもりとか……？」

「……あの貪欲で食い意地の張った猫なら、十分ありえそうな話ですね」

悪態をつくルシアンだったけど、その表情はどこか寂しそうなのだった。

◇◇◇

その後いっちゃん不在のまま更に二日が過ぎ、王都城下町へお忍びへ向かう日がやってきた。

簡素なドレスをまとい、この国の住人に多い、茶髪のカツラを被り軽く変装をする。

ベールつきの帽子を被れば、目元も見えなくなるはずだ。

「……こうして、お忍びで変装するのも久しぶりね」

昔はよく、クロードお兄様と屋敷を抜け出し遊んでいた。

ここ数年は忙しくお忍びもご無沙汰だったけど、変装は慣れっこだった。

これでどこからどう見てもただの平民……とまではいかないけれど。下級貴族の令嬢か裕福な平民の娘、といった外見で、私が王妃だと簡単に気づく人はいないはずだ。

「さ、出発しましょうか」

護衛達と打ち合わせてから馬車に乗り込み、城下町へ出ていった。

途中で馬車を降りると、隣にルシアンを伴って見物を始める。道路に面した窓には薔薇や季節の花が飾られ、人々の目を楽しませている。のんびり歩きながら、令嬢達の間で噂になっている服飾店や宝飾店を覗いていった。

「綺麗な細工物がたくさんあるわね」

高評価の宝飾店だけあって、陳列されているのは魅力的な品物が多かった。

金銀に煌めく装飾品が、ビロードの上に並べられている。

「おや、お嬢さんお目が高いねぇ。気になっているその髪飾り、試しにつけてみますか？」

銀細工の薔薇を指し、店員が話しかけてきた。

「薔薇の髪飾り……」

はたと呟き、気づいてしまった。

ずらりと並んだ細工物から、なぜ薔薇を象った髪飾りが目に留まったのか。

……無意識に、陛下に贈られた薔薇の髪飾りを思い出していたからだ。

陛下からいただいた、初めての贈り物だった。今日は身に着けていないけれど、箱の中に大切に仕舞っている。私にとっての、ちょっとした宝物だ。

「……すみません。試着は大丈夫です。手持ちの髪飾りを思い出して、つい見てしまっていたようです」

「そうでしたか。では他の品物も、ゆっくりご覧になってくださいね」

店員の言葉に甘え、装飾品を順番に見ていく。

もうすぐ薔薇の盛りということもあり、薔薇を象った品物が多いようだ。薔薇のレリーフのブローチに、薔薇の細密画の描かれたロケットペンダント。小ぶりなものが多めだが、中には実物大の薔薇を金属で象った、立体的な髪飾りもあった。

「高そうね……」

小さく呟いた。

材質はおそらく銀だ。加工技術の限界か花弁は分厚く、結構な量の銀が使われていそうだ。

他にいくつか立体的な薔薇の細工物があったが、いずれも金属製で金色か銀色、あとは銅色のものしかないようだった。

「そういえば……」

金属製の薔薇に、思い出すものがあった。

離宮に帰ったら確認することにして、次の店へ向かうことにする。

噂の店をあれこれと見物していると、既に時刻はお昼だった。

「ルシアン、お昼はあれでどうかしら？」

大きな通りの一角に、ずらりと屋台が立ち並んでいる。

すぐ購入でき、食べ歩きにもよさそうだった。

せっかくのお忍びだから、王妃として公爵令嬢としてはできないことをするのが醍醐味《だいごみ》だ。

「木の実入りのパンですか。焼きたてのようですね」

石窯から出したばかりだよ美味しいよー、と。

売り子の女性が声を上げている。

二人分のパンを買い、もう一品、豆入りのスープも買ってみた。

「ほんのり温かくていいわね」

「えぇ、できたては美味しいですからね」

ルシアンとそれぞれパンを千切ると、薄く湯気が上がった。

口にすると少しざらついた、素朴な小麦粉の味がする。

混ぜ込まれた木の実の食感が楽しくて、スープに浸すとしっとりと美味しかった。

「食べ歩きって、五割増しで美味しく感じてお得よね～」

最後の一滴までパンを浸し味わうと、大通りを散策することにする。

石畳が整備され活気があり、歩きやすい町並みだった。

「陛下のおひざ元だけあって綺麗だし、暮らしやすそ――」

「レティーシア様？」

視界をよぎった小さな影を、思わず二度見してしまった。

横道へと消えていった、グレーのその姿は、

「いっちゃん……？」

思わぬ場所での再会に、私は足を速めた。

いっちゃんの方が、こちらへ気づいたかわからない。

私は今変装しているし、いっちゃんは何やら急いでいる様子だった。

「ここの道へ入っていったはず……！」

横道を覗き込むも、いっちゃんらしき姿は無かった。

少し先に曲がり角があるので、先へ行ってしまったのかもしれない。

曲がり角を進み細い道を辿《たど》っていき……。

しばらく探索したが、完全に見失ってしまったようだ。

「道なりに進まず、途中で建物の屋根の上に行ってしまったのかしら……？」

途方に暮れてしまう。

猫と同じく、いっちゃんもとても身軽だ。

三次元で動かれては、探し出すのは難しそうだった。

「うーん、どうしよう。大声で名前を呼べば、来てくれるかもしれないけれど……」

お忍び中の今、目立つ行動は取りにくかった。

どう動こうか迷っていると、

「お嬢ちゃん、こんなところに何の用だい？」

道の向こうから、見るからに柄の悪い獣人が近づいてくる。

いっちゃんを追いかけているうちに、あまり治安のよろしくない一角に来てしまったようだ。

気づけば後ろからも、獣人の仲間らしき男がにじり寄ってきている。

「大人しくしてた方が利口だぞ？　何も、痛い思いをさせたいわけじゃないんだ。ちょっとばかりその懐の中にあるものを、俺達に渡してくれればいいんだよ」

前方から一人、後方から二人。

獣人達がゆっくりと近づいてくる。

「それとも、そこの優男に助けてもらうつもりかい？　そんななまっちょろい男、なんの頼りにもならねーよ」

「……このわかりやすい恐喝っぷり、いっそ懐かしい気分ですね」

ルシアンが目を細めている。

下町の孤児院で育った彼からしたら、珍しくもない状況のようだった。

呆れたように獣人達を見ながらも、油断なく身構えているのがわかる。

「レティーシア様、どういたしますか？」

ルシアンは優秀だ。

相手は獣人で数が多いとはいえ、こちらのことを舐《な》め切っている。

ふいをつけば、ルシアン一人で制圧することは十分可能。万が一があっても、こちらには隠れてついてきている護衛もいて安心だったけれど……。

「あまり騒ぎは起こしたくないのよね……」

癪《しゃく》だけど、お金を渡してしまおうか？

お忍びのため、持ってきている金銭はわずかだった。

硬貨を渡し、この場をやり過ごせるならと迷いが生まれた。

「おいおい何してんだ。俺達が怖くて動けないのか？　それとも金だけじゃなくて、もっといいものをくれるってことか？」

獣人が恫喝《どうかつ》をしてくる。

……こりゃ駄目だ。

硬貨だけじゃすまないのが明らかで、私は意識を切り替えた。

「……やられっぱなしの、泣き寝入りは性に合わないものね」

「ひっ⁉」

獣人達へ、とびっきりの笑顔を向けてやる。

久しぶりに使う、お父様譲りの悪役な笑いだった。

これにビビって、恐喝を諦めてくれたらと願ったけれど、そう上手くもいかないようだ。

獣人がこぶしを振り上げ、ルシアンに殴りかかろうとして――

「ぶごっ⁉」

前から来た獣人が、壁に叩きつけられていた。

ルシアンではない。

護衛の動きでもなかった。

獣人を吹き飛ばしたのは勢いよく開かれた、道に面した扉だった。

「おっと失礼、ゴミを飛ばしてしまったみたいだな」

長身の男性が、開け放たれた扉から出てきた。

獣人達の殺気だった視線もなんのその、悠々とした足取りをしている。

「せっかく気分よくこいつを弾いていたのに、うるさくて台無しじゃないか」

男性は左手にリュートを抱えている。出てきた建物は酒場だ。男性はどうやら、詩人かなにかのようだ。

「いってぇなっ‼　部外者はすっこんでろよ‼」

「君達と、そこの美しいお嬢さんは、知り合いにはとても見えないよ」

「うるさい黙っとけっ‼」

男性へ、獣人達が殴りかかった。

危ないと叫びかけて、私は目を見開いた。

「ぐっ⁉」

「がっ⁉」

「ごあっ⁉」

三連続で響く濁った悲鳴。

あっという間に、獣人達が叩き伏せられていた。

「行動だけじゃなく悲鳴まで汚いとか、どこまでもつまらない存在だな」

手傷の一つも負わず、男性は一人立っていた。

三人を相手にして、余裕の勝利のようだ。

「……ありがとうございました」

お礼を言いつつ、男性の全身を眺めた。

落ち着いて見ると、なかなかに綺麗な顔をしている。

年齢は二十代の半ばから後半といったところ。緑の瞳はややたれ目で、色気を醸し出していた。

髪は上品に淹《い》れた紅茶のような、赤味がかった茶色だ。肩につくほどの長さで、サイドの一房にビーズの飾りをつけている。コートの上に巻かれたストールを、羽飾りで留めていた。足は長くスタイルも良く、しゃれっ気のある男性のようだった。

「お礼を言われるまでも無いさ。うるさい羽虫を、黙らせただけのことだからな」

「ずいぶんとお強いんですね」

「俺は顔がいいからな」

「……はい？」

いきなり何を言い出すのだろうか？

確かに美形だけど、自分で言うとありがたみがなくなる気がする。

男性は肩をすくめ、わざとらしく笑っていた。

「男の嫉妬は醜いからな。顔で叶わないと見るや、腕力に訴えかけてくる相手が多いんだよ」

「……ご苦労されてるんですね」

「あぁ、大変だよ。でもこうして、君に出会うことができたんだから、悪いことばかりじゃないかもしれないな？」

「えっと……」

これは口説かれているのだろうか？

背後でルシアンの笑いが冷たくなっている。

「お嬢さん、この後一曲聞いて行かないかい？　退屈はさせないつもりだよ」

「すみませんが、この後ちょっと予定があるんです」

「つれないな。それとも、名前も知らない男相手は不安かい？　俺はレナードというんだ」

「いえ、そういうわけではなくて……」

断りの言葉を告げるも、レナードさんは引いてくれず困ってしまう。

「残念だけど私、今日は忙しいんです。失礼しますね」

強引に、レナードさんに背中を向け反対方向へ歩き出す。

幸い、追いかけてくる気配は無いようだ。

そっと一安心していると、背後から声をかけられた。

「わかった。今日が難しいなら、また次に会った時お願いしようか」

「……それでお願いします」

レナードさんには悪いけど、もう顔を合わせる機会は無いはずだ。

私は変装しているし、滅多に王城の外には出ないわけで――

「約束だぞ？　次はこちらから、離宮にお邪魔させてもらうつもりだ」

「っ⁉」

今なんと？

慌てて振り返ると、レナードさんがにやりと笑っていた。

「お嬢さん、王妃のレティーシア様だろう？　この国に嫁いできた日、馬車の上から手を振ってたの、しっかり見ていたからな」

「……一度見ただけで、よくわかりましたね」

「美人の顔は忘れないものだからな」

軽く片目を瞑《つぶ》ると、レナードさんはリュートの柄を叩いた。

「吟遊詩人ってのは顔が広いからな。そのうち離宮にもお邪魔して歌わせてもらうから、希望の曲目を考えておいてくれ」

「……楽しみにしていますね」

「あぁ、こちらこそ、また会える日を楽しみにしているよ」

つまびくように一音、手にしたリュートを奏でると、レナードさんは去っていった。

ストールを翻す姿は道に迷う様子も無く、王都の裏道に慣れているようだ。

「……ずいぶんとキザな方でしたね」

ルシアンの言葉に頷いた。

キザで色気たっぷりで、でもそれが様になっている男性だった。

レナードさんとはいずれ、また顔を合わせることになりそうだけど……。

「その前に、できたらいっちゃんを見つけたいわね」

軽く周囲を見渡した。

恐喝犯達とのごたごたで、それなりに時間が経っている。

今からいっちゃんを探しなおしても、見つけるのは難しそうなのだった。

◇　◇　◇

「いっちゃん、今どこにいるのかしら……」

レナードさんとの遭遇から十日後。

あいかわらずいっちゃんは行方知らずのままだ。

朝夜二回、私は苺ジャム片手にいっちゃんを探しながらも、いくつかの用事をこなしていた。

「レティーシア様、本日もよくぞお越しくださいました」

魔術局に出向くと、ベレアスさんが歓迎してくれた。

ぴよちゃんを譲り受けて以来、私は定期的に魔術局を訪問している。

ベレアスさんとは魔術局に来た際に、軽く会話を交わす間柄だ。くるみ鳥や魔術の運用について話していると、早足でリディウスさんがやってきた。

また魔術研究に明け暮れ寝ていないのだろうか？

目の下にクマが居座り、視線が鋭くなっている。

「レティーシア様いらしていたんだなありがたい。前回話していた遅延魔術を刻んだ紋章具の魔術基盤の編成案についてだが――何をする？」

リディウスさんが唸《うな》り声を上げた。

私に近づこうとしたのを、護衛のキースに止められたからだ。

「下がれ魔術師。レティーシア様に近づきすぎだ」

「そちらこそさっさとどいてくれ。僕には魔術について、レティーシア様と話したいことがたくさんあるんだ」

どけ、いやどかない、と。

二人が押し問答をしている。

初対面での険悪な雰囲気を、まだ引きずっているようだ。

「二人とも落ち着いてください。魔術についての話なら、この距離でもできますわ」

「それもそうだな」

「……わかりました」

リディウスさんはあっさりと、キースはどこか不満げに。どうにか引き下がってくれたようだ。

……この二人、悪い人達じゃないけど、とにかく相性が悪かった。

魔術オタクで学者肌なリディウスさんと、明るく肉体派の騎士であるキース。

性格の違いもあるが、より根深いのが、魔術師と獣人の間に横たわる溝だった。

獣人は皆、優れた身体能力を持っている。

例えば、まだ十歳のレレナでさえ、私と同じくらいの筋力の持ち主だ。

身体能力で優位に立つ獣人だが、魔術を使えないという、種族全体の特徴も持ち合わせている。

魔術への適性の欠落は、人間が獣人を馬鹿にする大きな原因の一つだ。

獣人の方も、魔術師自体に良い印象を持っていないことが多かった。

キースにとってリディウスさんは、仲良くしにくい相手のようだ。

リディウスさんの方もキースをよく思っていないようで、空気がトゲトゲとしている。

もう少し穏やかにして欲しいなぁと願っていると、気になるものが目に入った。

「それ、リディウスさんのくるみ鳥の羽ですか？」

水色の大きな羽が、リディウスさんのマントと服の間に挟まっている。

くるみ鳥はそれぞれ体色が違い、羽の色も異なっているのでわかりやすかった。

「あぁ、そのようだな。先ほど抱き着かれた際についていたようだ」

水色の羽は結構な存在感だけど、リディウスさんは気が付いていなかったらしい。

骨ばった指で羽を回収すると、私へと魔術議論を持ち掛けてきたのだった。

◇◇◇

「——ここの魔術基盤に触媒への直通回路を刻むことで、変換効率の上昇と安定性を同時に達成することができるはずだ」

すらすらと淀《よど》みなく、リディウスさんが紋章具について語りかけてくる。

早口でかなり情報量が多いが、どうにかかみ砕き理解して、私なりの意見を返してみた。

「えっと、でしたらその開発中の紋章具の第二魔術基盤の方の触媒を、月長石から水銀の粉に変更して、第三魔術基盤へ導線を引いたらどうでしょうか？」

「第三魔術基盤への導線を……？　いや待てそうかならば第二魔術基盤だけではなく大本の接続端子の方まで変更してみて——」

私の意見が琴線に触れたのか、リディウスさんが更に早口になり、聞き取れないほど高速になっていく。

こうなっては私もお手上げで、リディウスさんの思考を追うことは不可能だった。

黙り込む私を、しかしリディウスさんは気にすることもなく、猛然と思考を進めているようだ。

「レティーシア様、お疲れ様です。レティーシア様のご意見を聞き、リディウスも良い刺激になったようです」

疲労感たっぷりの私を、ベレアスさんが優しく労《ねぎら》ってくれた。

面倒見がよく、気遣いができる人だった。

「お役に立てて何よりです……。ですが私、魔術の研究はかじった程度なんです。本職の研究者であるリディウスさんの水準には、到底届いていない気がします」

リディウスさん、魔術の知識や紋章具の作製についてはガチ中のガチだ。

私も魔術師だけど、魔術を使う方が専門だった。魔術の研究については知識も経験もかなり、リディウスさんと差があるはずだ。

「そんなことありません！　大助かりですよ。レティーシア様は私達とは、違う視点の意見をくださりますからね。国が違えば、魔術研究への道筋も異なってきます。だからこそリディウスも、レティーシア様との対話を待ち望んでいるのです」

「そういうものでしょうか……？」

いまいちピンとこないが、あのリディウスさんが演技をできるとも思えなかった。

幸運なことに私の魔術知識でも、役に立てているようだ。

「レティーシア様はそのお若さで、かなりの魔術知識に通じておられるように見うけられます。

さすがあの、エルトリア王国出身だけあると思いますよ」

羨ましいことです、と。

ベレアスさんが言葉を続けた。

「エルトリア王国はうちの国よりずっと魔術研究が盛んで、研究資金も豊富だと聞いています」

「……確かに、魔術師の数はこちらよりずっと多いですね」

この国の住民の、おおよそ半分は獣人だ。

必然的に、国の規模の割に魔術師の数が少なく、何かと苦労しているらしかった。

「本当に羨ましいですよ。うちの魔術局はいつも資金難ですし、建物は王城の端に追いやられてますからね」

オルトさんがため息交じりに、会話に加わってきた。

この国での魔術師の待遇について、オルトさんもたまっているものがあるようだ。

「軍事や防衛面だって、美味しい役割は全部、獣人の軍人達が持って行っちゃいますからね。そのせいで魔術による功績がますます少なくなって、更に予算が少なくなる悪循環が、何十年も続いてきましたから……」

オルトさんのため息が、更に深くなっていく。

「オルトさん、そんなに気落ちしないでください。確かグレンリード陛下の代になってからは、魔術局の予算も増額されてるんですよね？」

「……グレンリード陛下には感謝していますが、まだまだ足りないのが現状ですね。そう簡単に改善できることでないとわかってはいますが、やっぱり辛いですよ……」

オルトさんの嘆きは尽きないようだ。

どれほど意欲があろうと、先立つものが無ければ研究は進まなくなる。

しかしだからといって、現在の軍事面を担っている獣人達への予算も削れないという、なかなかに根深い問題だ。リディウスさんが獣人であるキースにあたりが強いのも、それが一因なのかもしれないのだった。

◇　◇　◇

「疲れたわね……」

馬車の椅子に、深く腰かけ体を預ける。

魔術局を出る頃には、陽は既に傾いていた。

リディウスさんの魔術議論に付き合うのは大変だ。豊富な知識と斬新な魔術理論を聞けてためになるが、すごく頭を酷使した気分だ。

熱が出そうな頭を支えるように、馬車の内壁に額をくっつけた。

ぼんやりとしていると、窓の外を薔薇の木が流れていった。

「もうすぐ薔薇の盛りね……」

ちょうど時期よく、五日後に『薔薇の集い』の開催だ。

数か月前に日取りを決めるため、年によっては薔薇の最盛期とズレてしまうらしい。

今年は運良く、薔薇が一番美しい時期にあたるようだ。

「『薔薇の集い』までに、いっちゃんが帰ってくるといいのだけど……」

「同感ですね」

ルシアンが頷いている。

いっちゃんの姿が消え、ルシアンも寂しく思っているようだ。

しんみりとした気分で馬車を降りると、更なる心配事が飛び込んできた。

「離宮からレレナがいなくなった？」

「はい。どうもそのようです」

使用人長のボーガンさんが、申し訳なさそうに犬耳を伏せている。

「頼んでいた仕事の時間になっても姿が見えないので探したところ、レレナの部屋にこちらが残されていました」

ボーガンさんが渡してくれた紙片に目を通していく。

『メランのせいで、いっちゃんが家出してしまいました。お世話になっているのに、本当に申し訳ないです。これ以上迷惑をかけないよう、メランと一緒に出ていきたいと思います』

といった内容が、ところどころ歪んだ筆跡で書かれている。

レレナの追い詰められた心が、伝わってくるような筆跡だった。

「レレナ、どうしてそんなことを……」

いっちゃんの家出はメランのせいなんかじゃない、と。

何度もレレナには伝えていたはずだ。

しかしまだ、足りなかったものがあるのかもしれない。

真面目なレレナは思い悩み追い詰められ、離宮を出て行ってしまったようだ。

「使用人の不始末は私の責任です。離宮の警護についても注意を払っていたつもりが、あっさりとレレナを見失ってしまい、申し訳ありませんでした」

「警護については仕方ないわ。外からの侵入者対策は万全でも、内部からの脱走を、完全に防ぐことは不可能だもの」

レレナは物覚えが良く勤勉な性格だ。

侍女見習いとして離宮を駆けまわるうちに、警護のパターンや隙を、見つけてしまったのかもしれない。

「警護の見直しは近く行うとして、今はレレナを探すのが先よ。捜索は進んでいるの？」

「手の空いている使用人に探してもらっていますが、今のところ見つかっていま――」

「レティーシア様っ‼」

使用人の一人が、慌てた様子で駆け寄ってきた。

「これを見てください！　離宮近くの森に落ちていました！」

「……侍女用の髪飾り？」

侍女の制服の一部、白い布の髪飾りだ。

普通の髪飾りより小さいそれは、子供であるレレナ用に誂《あつら》えられたものだった。

「きっとレレナのものです。一緒にこちらの紙が置かれていました」

「これは……」

自分の視線が険しくなるのがわかった。

紙には簡素な文体で、

『レレナは預からせてもらった。返して欲しければ、こちらの要求を飲んでもらおう――』

と書かれていたのだった。

六章　ぐー様と走馬灯のように駆け巡る思い出

「タイミングが悪いわね……」

自室の椅子に腰かけ、私は深くため息を吐き出した。

レレナの誘拐を受け、一通り指示は出し終えたけど、解決の見通しは立っていないままだ。

「レレナが思い詰め脱走した。それだけならまだ良かったのよね……」

レレナは聡明だが、まだ子供だった。離宮の警備をすり抜けられたとしても、王城の外へ出るのは難しい。離宮からそう遠くに行くことはできず、じきに見つけられたはずだった。

……しかしめぐり合わせが悪いことに偶然、レレナを狙う人間が、離宮を出て一人になったレレナを見つけてしまったようだ。

「誘拐犯はたぶん、ディアーズさんの縁者の誰かだろうけど……」

ディアーズさんは今、いくつもの罪を重ね牢屋の住人だ。

しかしディアーズさんの縁者達は健在で、クロナとレレナを逆恨みしている。さすがにこの離宮に踏み入ってくることはなかったけど、時折この離宮を遠巻きに見に来ていたようだった。

「……要求は『獣人と人間両者の参加する離宮でのお茶会を、今後一切開催しないと公に意思表示すること』、ね……」

ディアーズさんの縁者は王城への出入りが可能な貴族で、獣人を見下している一派だ。

私が獣人と人間の仲を取り持つのを、忌々しく思っているようだった。

「レティーシア様、どうなさいますか？」

誘拐犯の要求を飲むつもりかと、ルシアンが問いかけてくる。

「……レレナを見殺しにしたくないけれど……」

要求に従ったところで、レレナが無事に帰ってくる可能性は低かった。

むしろこちらが折れたことで調子にのって、もっと酷《ひど》い要求を、レレナの命と引き換えに突き付けてくるに違いない。

「……レレナはおそらく、王城の外には出ていないわ」

王城内の敷地は広大だが、それでも監禁場所の候補が限られるぶんまだマシだ。

手掛かりが見つかることを願い、今晩は様子を見るしかなかった。

◇◇◇

明けて翌日。

昼食を取っていると、カツカツと足音が近づいてくる。

「レレナ誘拐の、手掛かりが見つかったようです」

「！」

手にしたフォークを置くと、ボーガンさんへ振り返った。

「教えてください。どのような手掛かりですか？」

「レティーシア様があげてくださった、監禁場所の候補の一つを探らせてみたんです」

「そこにレレナが？」

「残念ながら抜け殻でした。使用された痕跡はありましたが、既に他のどこかへ、移動した後のようです」

「そうだったの……」

一発解決とはいかないようだが、重要な手掛かりの一つだ。

「何か犯人の特定につながりそうなものや、次の監禁場所の手掛かりはありませんでしたか？」

「決定的な手掛かりはありませんでしたが、現場に残されていためぼしい品物を、一応こちらに運ばせてあります。今、前庭で広げているところですが、レティーシア様もご覧になりますか？」

「もちろんよ」

さっそく、前庭へ向かうことにする。

離宮の玄関を出ると、前庭に人が集まっているのが見えた。

誘拐事件の捜索には、離宮つきの騎士達にも協力してもらっている。

中には槍を携えた、キースの姿もあるようだった。

「こちらが、現場にあっためぼしい品物になります」

ボーガンさんが、芝生の上に広げられた布を指し示した。

布の上には椅子や木の枝、布の切れ端など、様々なものが並べられている。

順番に見ていくと、一つ引っかかるものがあった。

「この羽は……」

水色の、鳥のものらしき羽だ。かなり大きく、私の掌より長さがある。

この色と大きさはもしかして、

「リディウスさんのくるみ鳥の羽……？」

「リディウスのっ⁉」

私の呟きを、耳ざとくキースが拾い取った。

「あいつっ！　誘拐犯に手を貸しているのか⁉」

キースが激高し叫んでいる。

元より不仲だったリディウスさんに対し、疑いと怒りを抑えられないようだ。

「気に食わない魔術師だと思っていたが、まさかそこまで卑怯《ひきょう》な真似を――」

「レティーシア様、失礼いたします」

キースの声を遮り、ボーガンさんが大声で話しかけてきた。

視線は真剣で、重大な用件のようだ。

「レティーシア様に、お客様がいらっしゃっています」

誰だろうか？

ボーガンさんに尋ねた結果出てきたのは――

「リディウス様でございます」

——渦中のその人の名前だった。

◇　◇　◇

離宮の門を潜《くぐ》りやってきたリディウスさんを、私は前庭で出迎える形になった。

ピリピリとした空気を気にする様子もなく、リディウスさんが一直線に歩いてくる。

「リディウスさん、ごきげんよう。どのようなご用事でいらっしゃったのですか？」

「届け物だ。レティーシア様が読みたいと言っていた書物が見つかったから、僕が届けに来た」

「……それだけのために、リディウスさんがわざわざ離宮まで？」

研究一筋のリディウスさんは、ほぼ魔術局に住み着いている状態らしい。よほどのことが無い限り、魔術局を離れることはないだろうと、オルトさんが苦笑交じりに語っていた。

「……レティーシア様のためだからだ」

言いつつも、リディウスさんが顔をそらした。

どう見ても怪しかった。

「っ、おいおまえっ‼　どういうことだよ⁉」

キースが食い掛かった。

あからさますぎるリディウスさんの態度に、我慢できなくなったようだ。

「リディウスおまえやっぱり、レレナを誘拐したんじゃないか⁉」

「……なんだって？」

リディウスさんが視線を険しくし、キースを睨みつけた。

「酷い勘違いだ。適当なことを言わないでくれ」

「勘違い⁉　ならこれは何だって言うんだよ⁉」

「‼　それはっ……‼」

キースが指さした水色の羽に、リディウスさんの顔が固まった。

表情を隠すように、ぷいと背後を向いてしまう。

「……用件は済ませた。帰らせてもらおう」

「逃げるのかっ⁉」

キースの叫びにも振り返ることなく、リディウスさんの背中が小さくなっていく。

「待てよ‼　止まらないと――レティーシア様⁉」

リディウスさんへと槍を向けるキースの前に、私はすいと立ちふさがった。

「キース、槍をおさめて。そのやり方じゃ、何も解決しないわ」

「ですがっ……‼」

キースが歯噛みしている。

激情をぶつけるように、強く槍を握りしめていた。

「キース、落ち着いて。私も何もせず、リディウスさんを見逃すつもりはないわ」

「……何か考えがあるのですか？」

キースの浮かべた疑問へと私は、

「釣りよ」

そう返したのだった。

◇　◇　◇

――とっぷりと夜が更けた頃。

魔術局近くの木陰に、私とルシアンは身を潜ませていた。

「……来ますかね？」

「おそらく来るはずよ」

声を潜め会話していると、魔術局の裏出口からひっそりと出てくる影がある。

闇に溶け込むような、黒いマントに黒い髪の組み合わせ。私の予想通り、険しい表情をしたリディウスさんだった。

リディウスさんはあたりを見回すと、道を外れ暗い木立の中を進んでいく。

こちらも見失わないよう、静かに後をつけていった。

夜の森を進んでいくと、木立がまばらな場所にたどり着く。

月光を浴び佇《たたず》むリディウスさんへと、近づいてくる人影があった。

「……リディウス、こんな時間に人目のない場所に呼び出して、一体なんのつもりだ?」

姿を現したのは魔術局所属の魔術師、ベレアスさんのようだ。

いぶかしむベレアスさんへ、リディウスさんが鋭い視線を向けていた。

「一つ確認したいことがある」

「何だ? もう夜も遅いんだ。手短にしてくれ」

「……ベレアス、君、レレナの誘拐に関わっているだろう?」

「っ……!」

ベレアスさんが息を呑んでいる。

突然の問いかけに、動揺を隠しきれていないようだ。

「いきなり何を言い出すんだ? リディウスおまえ、また魔術研究に没頭して睡眠を削ったんじゃないか?」

「違う。僕は正気だ。時間の無駄だから誤魔化さないでくれ」

リディウスさんが手にした杖《つえ》を構える。

魔術式の刻まれた杖は、魔術の発動を補助する効果があった。熟練した魔術師が杖を用いればごく短い詠唱で、攻撃魔術を放つことが可能だ。

リディウスさんの本気に、ベレアスさんの気配が揺らいでいた。

「……そうか」

呟きと共に、ベレアスさんの肩が落ちた。

「おまえ、なぜ勘づいたんだ？」

「偶然だ」

「魔術一筋で他に興味の薄いおまえが、私が怪しいと偶然感づいたと言うのか？」

「……昨日、魔術触媒のありかを聞こうと君を探していたら、部外者と話し込んでいたところだった」

「あの時のことか……。私もおまえもついていないな」

天を仰ぐベレアスさんには、心当たりがあるようだった。

焦る様子もないベレアスさんに、リディウスさんが険しい表情をしている。

「あの時たまたま、君達の会話が聞こえてしまったんだ。『誘拐した』『例の場所へ監禁を』『協力してくれ』『共犯だろう』……途切れ途切れにしか聞こえなかったが、物騒なのは間違いなかったからな」

立ち聞きの結果リディウスさんは、ベレアスさんを疑い始めたようだ。

こっそりベレアスさんの後をつけ、レレナの監禁場所に一度足を運ぶことになったに違いない。

その際に偶然、マントの間にでもはさまっていた、水色のくるみ鳥の羽を落としてしまったようだ。

「……ベレアス、これ以上誘拐に加担し、罪を重ねるのはやめにしてくれ」

杖を構えながら、リディウスさんがベレアスさんへ語りかけた。

「だからおまえが、私を止めにきたのか？」

「そのつもりだ」

「……断ると言ったら？」

「魔術を使うまでだ」

リディウスさんが詠唱を始めた。

高速で呪文が唱えられ——

「馬鹿が」

「ぐっ⁉」

リディウスさんの腹に、ベレアスさんの膝がめり込んでいる。

「この距離なら、殴る蹴るの方が早いだろうが」

「なっ、おまえ……！」

「……だからおまえは魔術バカなんだよ」

意識を失ったリディウスさんを、ベレアスさんが受け止めている。

リディウスさんを草の上に横たえると、がしがしと頭をかいていた。

「……魔術バカのくせに、どうして気づいちまったんだ」

間が悪い奴め、と。

哀れむように呟くベレアスさんへと。

『——投げよ雷の網‼』

「がっ⁉」

私の放った雷が直撃した。
殺傷力は皆無だが、しばらく体が動かなくなるスタンガンのような魔術だ。
ベレアスさんがリディウスさんから離れてくれたため、容赦なく使うことができた。
「な、あなた、は……」
痺《しび》れながら、ベレアスさんの瞳がこちらを見上げた。
まともに動くのは舌と眼球くらいで、手足は硬直している。
「レティーシア様、釣りは成功ですね」
ルシアンが縄を取り出した。
素早くベレアスさんを縛り、麻痺《まひ》が解けても動けないようにしていく。
「釣り……あぁそうか、そうい、う、ことだったんですね……」
ベレアスさんも、こちらの狙いに感づいたようだ。
――リディウスさんが私の離宮で不審な態度を見せた時。
その場で拘束することもできたが、私はあえて見逃すことにした。
リディウスさんが犯人ではないと、そう直感したからだ。
……リディウスさんは魔術バカで、演技のできない性格をしている。
そんな彼が周囲を欺きとおし、誘拐監禁に加担できたとは、到底思えなかったからだ。
リディウスさんが犯人ではないと考えると、一つ仮説を立てることができた。
きっとリディウスさんは身近な人間が、誘拐犯だと気づいてしまったのだ。

その相手をこっそりつけている間に、くるみ鳥の羽を落としてしまったに違いない。

もしリディウスさんが、誘拐犯がこれ以上罪を重ねないよう、機会を見て自首を説得するつもりだったとしたら？

キースに誘拐犯だと疑われても、真実を告げようとしなかったのも納得だ。

誘拐犯の罪が軽くなるよう、自首させようとしていたのだ。

「無理やりリディウスさんを捕まえ、誘拐犯が誰か問い詰めても教えてくれないかもしれないし……。リディウスさんの身近に誘拐犯がいるなら、警戒させ逃げてしまうかもしれないもの。ならばリディウスさんを自由に泳がせて、誘拐犯が誰か探った方がいいわ」

呟きつつ、ベレアスさんを見つめる。

そろそろ麻痺は切れているはずだが、ルシアンがきっちりと縛り上げていた。

「ベレアスさん、教えてください。今レレナは、どこに監禁されているんですか？」

「……魔術局の中の、今は使われていない一室ですよ」

抵抗は無駄だと悟ったのか、ベレアスさんが白状してくれた。

「見張りは何人くらいいるの？」

「……一人もいません。本来は私が、見張りについている予定でしたから」

ベレアスさんの言葉に首を捻った。

誘拐したのに、見張りが一人だけなんてありうるのだろうか？

こちらを油断させるための出鱈目《でたらめ》かもしれないけれど……。

なんとなく、嘘はついていないような気がする。

「……情報ありがとう。さっそく行かせてもらうわ」

魔術局の建物を見ると、ベレアスさんの気配がかすかに揺らいだ。

私達がレレナの救出に行っている間に、どうにか逃げようとしているのかもしれない。

「ベレアスさんも一緒に来てくれますよね？」

「……そこの従者に、私をわざわざ運ばせるつもりですか？」

「違います。ルシアンの両手は空けておきたいもの」

私が首を横に振ると、ベレアスさんが怪訝《けげん》そうな顔をしている。

この場には見ての通り、ルシアンしか連れてきていなかった。大人数を動かすと誘拐犯達に察知され、レレナが害される可能性があるからだ。

「まさかレティーシア様自ら、私を運ぶおつもりで……？」

「正解です」

にっこりと笑ってやると、ベレアスさんが驚いている。

彼へ向かい、すばやく呪文を詠唱した。

『――掴むは無形。木の葉の如《ごと》くして。舞う先へ至りたまえ！』

「〜〜〜〜〜〜〜〜‼」

吹き荒れる突風と無音の絶叫。

風に飲み込まれたベレアスさんの体が、梢《こずえ》をかすめ魔術局へと飛んでいった。

悲鳴が漏れないよう、風の向きは操ってある。

怪我はしないよう調整しているが、かなり目が回り怖いはずだ。魔術局に到着してもしばらくは、足腰が立たないに違いない。

「よしよし、きちんと到着したようね」

「お見事です。これがレティーシア様が以前仰っていた、『ないすしょっと』というものですね」

「それは少し違うような……？」

ルシアンに褒められながら、気絶するリディウスさんへと振り返った。

今度は慎重に、風で体を持ち上げてやった。誘拐犯であるベレアスさん相手とは違い、優しく運ぶつもりだ。

リディウスさんを連れ魔術局へ向かうと、裏口近くでベレアスさんが気絶していた。

念のため凶器を持っていないか探らせると、鍵が一つ出てきた。裏口の錠に当てるとぴったりで、ありがたく使わせてもらうことにする。

教えられた監禁場所へと、人気のない真夜中の魔術局の建物を進んでいく。

建物の端の方、修繕もままならない古ぼけた一角だった。

「レレナ、大丈夫!?」

室内の様子を探り扉を開けると、八畳ほどの小さな部屋だった。

すみに寝台が置かれ、レレナが横たえられている。ベレアスさんの言葉通り、見張りはいないようだった。

ルシアンが頬をつつくが、レレナは動かないままだった。

傷や痣《あざ》は見当たらないので、ただ眠っているだけのようだ。

レレナが監禁されてから、丸一日以上が過ぎている。気力がもたず、気絶するように眠り込んでしまったようだ。

「……眠っていますね」

「起こすのもかわいそうね……」

どうせなら、完全に安全な離宮に戻ってから、目覚めさせた方が良さそうだ。

離宮までそっと、風の魔術で運んでやることにする。

眠るレレナと共にベレアスさんの元に向かうと、下からうめき声が聞こえた。

「うっ……。ここは……？」

壁に寄り掛からせていたリディウスさんが、意識を取り戻したようだ。

「レティーシア様……？　一体何が……？」

「ベレアスさんに気絶させられたあなたを、ここまで運んできたんです」

「ベレアスに？　……っ!?」

リディウスさんがはっとした。

周りを見回し、縛られたベレアスさんと眠るレレナの姿に目を見開いている。

「ベレアスは、レティーシア様に捕らえられてしまったんだな」

「……私を恨みますか？」

私の問いかけに、リディウスさんが瞳をつむった。

「いや、感謝している。……これ以上罪を重ねる前に、捕らえられたのは幸運なはずだ」

「リディウスさんは、ベレアスさんを心配していたんですね」

「……心配？」

魔術以外には、興味が無いように振る舞うリディウスさんだったけれど。

決してそれだけではないはずだった。

「同僚としてベレアスさんを気にかけていたからこそ、怪しいと気づけたんですよ」

「何を言っているんだ？　僕にとってはベレアスの語る魔術理論が、興味深かっただけだぞ」

本気で首を捻るリディウスさんに、思わず笑いがこぼれた。

魔術バカなリディウスさんらしい言葉だ。

「どうしたんだ？　なぜ笑っている？」

「いえ、リディウスさんって優しいというか、周りを大切にしているんだなと思ったんです」

水色の羽を何度もくっつけられるくらい、くるみ鳥にも懐かれているのだ。

魔術一直線で迷惑をかけることも多いけど、リディウスさんなりにくるみ鳥や魔術局の人達のことを、大切に思っているようだ。

不器用な人だなぁと和んでいると、リディウスさんが顔を背けた。

「リディウスさん、どうしたんですか？」

「……僕よりずっと、レティーシア様の方が優しいと思う」

何やら呟くリディウスさんの耳が、心なし赤い気がした。

どうしたのだろうと思っていると、ふと違和感を覚えた。

「んん……？」

違和感の正体を探った。

リディウスさん？

いや違う。

その背後、窓の外に煙が流れている。

「火事っ⁉」

慌てて外を見ると、周りの森が燃えている。煙が漂い、焦げ臭さが鼻に届いた。

「うっ、この匂いは……？」

ベレアスさんも目を覚ましたようだ。

火事に気づき、大きく目をみはっている。

「まさかこの炎、あいつらがっ⁉」

「この火事、心当たりがあるんですね？」

「……紋章具によるものです」

顔を青ざめさせながら、ベレアスさんが答えてくれた。

「ベレアスさんの仲間の、誘拐犯の仕業ですか？」

「おそらくそうです。予想外のレティーシア様の動きに気づき、紋章具を使ったようです‼」

「……なぜそんな物騒な紋章具まで用意していたのか気になるけれど……」

まずは消火が先だ。

魔術局もろとも、森が焼けてしまいそうだった。

「リディウスさん、魔術局に住むくるみ鳥達の居場所はわかりますか⁉」

「ここから右奥へ行ったところだ」

「ベレアスさんを見張りつつ、くるみ鳥達の様子を見てこられますか？」

「わかった！　だがレティーシア様はどうするんだ？」

窓からの炎の照り返しを受け、リディウスさんが叫んだ。

「建物に延焼しないよう消火を行ってきます！」

「一人で⁉」

「やってみせます！」

時間がないため、走りながら答えておいた。

ルシアンと二人建物の外へ出て、素早く魔術を唱えていく。

『──恵みの滴よ！』

水属性の魔術が発動し、炎へ水が降り注いでいった。

ぶすぶすと煙を上げ、かき消えたように見えたけれど……。

「これだけじゃダメね」

水が蒸発した途端、火が息を吹き返した。

試しに土を被せてみるが、隙間から炎が這《は》い出してくる。

紋章具で生み出されただけあり、しつこい火事のようだった。密集した木々ごとカマイタチで薙ぎ払っても、火が飛び延焼が酷くなるかもしれない。

「……しばらくの間、雨を降らせるしかないかしら」

天候操作は上級魔術だが、今の私の魔力量なら問題なく使用できるはずだ。

問題があるとすればそれは――

「目立つわね」

「目立ちますね」

ルシアンと声が重なった。

一定時間雨を降らす魔術は、上空に雨雲の生成が必要だ。

夜中とはいえ、王城の上空に雲を生み出せば、間違いなく騒ぎになるはず。本物の雲よりはずっと小さいが、だからこそ不自然で目立つに違いなかった。

赤々と燃える火事のせいで、ただでさえ注目が集まっていそうな今、あまり使いたくはないのが本音だ。

もし使ってしまえば、のんびり生活とはお別れすることになるけれど……。

どういたしますか、と。

ルシアンが目線で問いかけてきた。

既にここまで、いくつか火の粉が飛んできている。

残された時間は少なく、レレナやくるみ鳥達が火傷《やけど》してしまいそうだ。

こうなった以上、私が目立つのは仕方ない。

覚悟を決め詠唱を始めようとしたところで――

「えっ……？」

目の前に、信じられないような光景が広がっていた。

「この白いのは……」

氷だ。

炎のことごとくが消え失せ、木々が白い雪と氷で覆われている。

まるでそこだけ、真冬になったかのような光景だった。

「これはいったい……？」

ルシアンも驚きを隠せないようだ。

二人で呆然《ぼうぜん》と、変わり果てた森を見つめていると、

「……ぐぅ」

聞き慣れた鳴き声と共に、ぐー様が登場したのだった。

◇　◇　◇

「……ぐぅ」

グレンリードは鼻を鳴らすと、碧の瞳でレティーシアを見つめた。
(……火傷はしていないようだな)
銀狼の姿のまま、グレンリードは安堵《あんど》の息を漏らした。
——レレナ誘拐犯を捕らえようと、自ら行動を起こしたレティーシア。
その情報を掴んだグレンリードは銀狼の姿になって、こっそりあとをつけてきたのだ。
(傍観したまま、手は出さないつもりだったのだが……)
つい、予定が狂ってしまったようだ。
燃え盛る森を前に、何やら考え事をするレティーシアを見てしまって。
今にも火の粉を浴び火傷してしまうかもと、知らず動いてしまっていた。
理性の箍《たが》が緩んでいる、銀狼の姿だからこその行動だ。
「どうしてぐー様がここに……？　もしかしてこの氷も、ぐー様がやったことなの？」
「ぐっ‼」
肯定の意思を示すため、グレンリードは頭を縦に振ってやった。
ついでに頭の動きに合わせ、氷の柱を足元から生やして見せた。
雪と氷を操る力は、グレンリードの持つ異能の一つだ。
詠唱も紋章具も不要で、思うがままに凍らせることができる力だった。
「ぐー様、本当にすごい聖獣だったのね……」
氷で覆われた森を見つめ、レティーシアがしきりに感心している。

魔術師である彼女だからこそ、目の前で起こった現象が、とんでもないことだとわかるようだ。

（……この力を、見せるつもりはなかったのだが）

グレンリードは切なげに瞳を細めた。

この先この姿で、レティーシアに会うことはできなくなってしまった。

聖獣の力はあまりに大きく、この国の王家の秘密にも関わっている。

いくらレティーシアが気にしないとしても、聖獣の力を知られた以上、今までのように共に過ごすことはできなかった。

「ぐぐぅ」

さらば、と別れの意思をこめ、グレンリードは喉を震わせた。

その思いが伝わったのか、レティーシアが悲しそうな顔をしている。

「ぐー様、もう会えなくなってしまうの？」

「……」

グレンリードは無言で、レティーシアから遠ざかる一歩を踏み出した。

（そんな顔をするな。別に、二度と会えなくなるわけじゃないんだ。王とお飾りの王妃として、たまに顔を合わせる間柄になるだけで……）

……それは嫌だ、と。

グレンリードの心のどこか、奥の方が囁《ささや》いた気がした。

揺らぐ思いを押し殺し、その場を去ろうとしたグレンリードだったが――

「えっ？」

間抜けなレティーシアの声に、つい振り返ってしまった。

「おまえ、その声はなん、だ……」

言葉の途中で、グレンリードは顔を強張《こわば》らせた。

喉から飛び出したのは、狼の唸り声では決してなく。

まぎれもない、人の声帯によるものだった。

「なっ……」

絶句し、グレンリードは事態を悟ってしまった。

銀狼の姿である時は理性が弱まり、感情が強く出てしまうのだ。

レティーシアを悲しませたくない、傍を離れたくない、と。

願いに気を取られていたせいで、変身の制御が緩んでしまったようだった。

◇　◇　◇

「なっ……」

呆然と呟く、この場にはいるはずの無い人物。

「……グレンリード陛下？」

信じられない思いで、私はその名を呼んでしまった。

わからない。
わからなかった。
なぜここに陛下がいるのか、ぐー様がどこへ行ってしまったのか。
わからなくて理解できなくて、頭がパンクしそうだった。
「もしかして、ですが……」
「……」
陛下は口を噤んだまま。
沈黙がひたすらに怖かった。
「グレンリード陛下が、ぐー様に姿を変えていたんですか……？」
そうとしか、考えられない現象だった。
ぐー様＝グレンリード陛下。
まさかまさかの一致に、ぐー様との思い出が走馬灯のように脳内を駆け巡った。
『ぐー様は今日もイケ狼ね‼』
『もっふもふもふっふもふ〜』
『肉球は世界を救う……‼』
『ふふ、このスリッカーブラシ、気持ちいいんですね？』
『あぁ〜〜〜もふで生き返る〜〜〜〜』
今までぐー様に向けた言葉が、ゆるみきった笑顔が。

全てあますことなく、グレンリード陛下に見られてしまっていたのだ。

「嘘でしょうっ!?」

私終わったな、と。

魂からの叫びを上げてしまったのだった。

◇◇◇

「本当に本当に、申し訳ありませんでした……!」

一通り叫び、羞恥心を発散させた私は、まず陛下に謝ることにした。

「今までぐー様のこと、何度も撫でまわし申し訳ありませんでした……」

「……やめろ。謝られても困る」

淡々と、陛下が言い返してくる。

いつも通り硬質な美貌の陛下だけど、今は直視することができなかった。

「陛下と知らなかったとはいえ、私はぐー様になんてことを……」

身もだえしたくなってしまう。

遠慮なく撫でかわいがって、時にはからかってみて……。

思い出すと、非礼失礼のオンパレードそのものだ。

不敬罪で訴えられたら、勝ち目のない有様だった。

「……忘れろ。それがおまえの義務だ」

「そんな無茶ぶりをされましても……」

どうしろというのかと、遠い目になってしまった。

動揺しまくりの私に対して、陛下は涼しい顔をしている。

私とは鍛え方が違うかも、なんて。

よくわからない感想が浮かぶ始末だった。

「……お見苦しいところをお見せしました」

深く息を吸って吐いて、とりあえず気分を入れ替える。

衝撃の事態に頭がついて行かないけど、まずやるべきことが山積みだった。

「じっとここにいては、誰かに見つけてくれとでも言っているようなものです。落ち着いて互いの情報交換をするために、一旦ここは引き揚げませんか？」

「……おおむね同感だ。おまえの離宮に邪魔させてもらうことにしよう」

陛下が浅く頷くと、輪郭が淡くにじんだ。

一瞬光が放たれ、陛下がいた場所にぐー様が現れたのだった。

「……先ほどのはやはり、見間違いなどではなかったのですね」

グレンリード陛下からぐー様への変化を見て。

ルシアンがぼそりと呟いている。

この場で私以外に、ぐー様の秘密を目撃したのはルシアンだけだ。

リディウスさんは魔術局の建物の中で、気づいた様子も無さそうだった。

「ルシアン、陛下のぐー様への変化については――」

「わかっております。内密に、ですよね」

「話が早くて助かるわ」

さすがルシアンだ。

ルシアンさえ黙っていれば、ぐー様と陛下について、すぐさま漏れる心配はなさそうだ。

胸を撫でおろしていると、ルシアンがぐー様を見下ろしていた。

「ただの狼、獣だと思っていましたから、レティーシア様に懐く姿も静観していましたが……」

どこか非難を含んだ視線に、ぐー様が顔を背けたのだった。

◇◇◇

リディウスさんとくるみ鳥の無事を確認した後、私達は離宮に戻ることにした。

ベレアスさんは無力化してあるし、じきに森の異変に気が付き、人がやってくるはずだ。

レレナを連れて、ぐー様と離宮へ到着。応接間でひとまず、情報を整理することにした。

「――なるほど、だいたいの経緯はわかった。ベレアスら誘拐犯については、改めてこちらでも対処しておこう」

レレナ誘拐に関するあらましに、陛下が頷いている。

陛下は再び人間の姿に戻り、向かいの長椅子に腰かけていた。

「ご協力いただけ助かります。……今度はそちらの事情を、お聞かせいただけますでしょうか？」

「銀狼へ……ぐー様への変化についてか？」

私は首を縦に振った。

恐る恐る、最大の懸念事項を尋ねる。

「ぐー様として行動していた時の記憶も、陛下にははっきりと残っているんですか……？」

「……おおよそな」

「うっ……‼」

思わずよろめいてしまった。

うぅぅ……。

予想していたとはいえ、ダメージの大きい回答だ。

私がぐー様を撫でまわす姿も、鼻歌を口ずさむところも全部全部。

ぐー様だった陛下はしっかりばっちりと目撃し、記憶しているということだ。

羞恥心で死にそうで、いったいどんな顔でこれから、陛下の顔を見ればいいんだろうか？

「……心配するな。そこのあたりはお相子さまだ」

一人身もだえる私に、陛下の声がかけられた。

「私がぐー様であった時にしたことと、その時おまえがしていたこと。どちらも互いに、口を噤んでいればすむ話だからな」

「……そうですね……」

陛下の助け舟に、力なく頷くことしかできなかった。

恥ずかしくてたまらないけれど……。

陛下の性格を考えるに、私のあられもない姿について、言いふらすことはないはずだった。

「……そういえば陛下は、ぐー様の時正体を隠していたのに、なぜ先ほど私の前で人の姿に戻られたのですか？」

「少し変化《へんげ》の調子が悪かっただけだ」

狼から人への変化とは、やはりムラがあるものだろうか？

気になるがこの場で色々と、つっこんで聞くのもはばかられた。

陛下にどんな事情があったにせよ、あの時陛下が姿を現し、炎を鎮めてくれたことで私が助かったのは確かだ。

雨雲を生む上級魔術を使わずにすんだ私は、これからも目立たずに暮らせそうだった。

夜はもう遅いし、陛下は翌日も多忙なはずだ。詳しい話はまた明日以降ということにして、陛下はぐー様の姿へと変化し、自分の部屋へ帰っていってしまった。

「どっと疲れたわね……」

陛下を見送り、ぼすりと自室の寝台に身を投げ出した。

体は疲れているのに精神は興奮していて、すぐには眠れなそうだ。

「ぴぃ？」

ぴよちゃんが、首を傾げるようにして覗き込んできた。

私の魔力を好むぴよちゃんは夜の間、私の寝室が定位置になっている。

もふふわとした羽毛でくるむように、体を押し付け甘えてきた。

「癒される～。……癒されるんだけど……」

じっと、ぴよちゃんの黒々とした瞳を覗き込んだ。

澄んだ瞳はまっすぐに、こちらの顔を見つめているようだった。

「……実はぴよちゃんも、誰か人間が変化した姿だったりとか、そんなことは無いわよね……？」

ぐー様イコール陛下の衝撃の事実に、つい疑い深くなってしまった。

そんな私の質問に対しぴよちゃんは、

「ぴぴよぴっ！」

もっとくるんで欲しいのくっついて欲しいの？

とばかりに嬉しそうに、羽毛をすり寄せてきたのだった。

◇　◇　◇

「眠たいわね……」

翌朝。

私は自室で、欠伸《あくび》をかみ殺していた。

ぴよちゃんのもふもふ効果のおかげか、気づいたら眠っていたけれど。

精神的な衝撃が抜けきらないのか、体が重く睡眠不足を感じた。

「レレナの方は、まだ眠っているのね？」

「はい。確認させましたが、ぐっすりと眠っているようです」

報告をくれたルシアンは、眠気の欠片も感じさせない完璧な立ち姿だ。

昨晩私と一緒に、遅くまで行動していたようにはとても見えなかった。

「レレナも疲れているでしょうから、自然と目覚めるまで寝かしておきましょう」

いくつか確認したいことはあるが、第一はレレナの体調だ。

誘拐事件の後始末があるので、先にそちらに手を付けることにする。

眠い目をこすりつつ朝食を食べ終えると、手紙を携えたボーガンさんがやってきた。

「陛下から、お手紙が参っております」

「……グレンリード陛下から？」

いぶかしみつつ、ボーガンさんから手紙を受け取る。

陛下には近いうちに、改めてお話の時間を設けてもらうつもりだったけれど……。

こんなに早く、手紙が来るのは意外だった。

「『王家の薔薇園に来てくれ』……？」

よっぽど急いでいたのか、走り書きのように記されていたのだった。

◇◇◇

「これは……」

薔薇園の入口で、私は絶句してしまった。

目の前に広がる光景は、以前来た時とまるで異なっていた。

ほぼ全ての薔薇の花が散り、花弁が地面に散乱している。葉が千切れた蔓や、折れ曲がった茎が何十本も、あちこちに落ちているようだ。

「昨晩のうちに、荒らされてしまったようだ」

グレンリード陛下の声は、いつもよりワントーン低くなっている。

薔薇園の惨状に、鋭く瞳を細めていた。

「どうやらこれも、レレナ誘拐犯の一味の仕業のようだ」

「レレナ誘拐犯の本来の目的は、別にあったということですね」

レレナの誘拐は、突発的な事故のようなもの。偶然、離宮から脱走したレレナを誘拐犯が見つけたせいで起きた事件であり、計画性が無かったからこそ、レレナの監禁場所にも満足な見張りがいなかったに違いない。

「……ベレアスさん達の本来の目的は、こちらの薔薇園だったのですね」

「そのようだな」

無残な薔薇を前に、陛下は眉を寄せている。

陛下は朝早くからさっそく、ベレアスさんの尋問を行わせたらしい。

まだ全ての自白は取れていないが、それでもベレアスさん達が何を企んでいたのか、おおよその輪郭は掴めたようだった。

「ベレアスはやはり、ディアーズの縁者達と手を組んでいるようだ」

「……ディアーズさんの縁者ということは、獣人を嫌っている人達ですね」

この薔薇園は王家所有の格が高いものだ。

当然、警備もしっかりと精鋭の騎士団が行っている。この国の精鋭騎士団は、獣人達で構成されているのだ。

「犯人達は薔薇園を荒らすことで、警備の担当者を、ひいては獣人全体の名声を落とそうとしたのですね」

言いつつも私は、オルトさんの言葉を思い出していた。

——この国の軍事面の予算の多くは、獣人の兵士達へと割かれている。

そのせいで魔術局は資金難だと、オルトさんは嘆いていたのだ。

あの時、同席していたベレアスさんもオルトさんの言葉を否定していなかった。

ベレアスさんも内心、魔術局の資金難の現状に、不満を募らせていたのかもしれない。

「ベレアスさんは犯人に協力することで、獣人の兵士の評判を損ね、魔術局により多くの資金を回してもらおうとしたのでしょうか？」

「そのつもりだったようだ。加えて計画に協力すれば、ディアーズの縁者達から魔術局への資金援助も約束されていたらしい」

「……そんな裏取引があったのですね……」

ため息をついてしまった。

ベレアスさんのやったことは許せないが、魔術師である彼が、現状に不満を持つ気持ちも理解できてしまう。

世の中金……とまでは言わないけれど、魔術の研究をするにせよ何にせよ、手元に資金が無いと始まらなかった。

「……許せませんね。ディアーズさんの縁者達、獣人の兵士を貶《おとし》めようとしただけではなく、陛下の評判にも、傷をつけようとしているんですよね？」

ディアーズさん投獄に至る過程では、陛下も大きな役割を果たしている。

ディアーズさんの投獄に伴い、その縁者達の政治的な地位も激しく下落しているため、陛下が逆恨みを買ってしまったようだ。

国王である陛下に嫌がらせをするなんて、一歩間違えば破滅ものだけど……。

今までの地位を無くし逆恨みで動く人達に、常識は通用しないようだった。

「『薔薇の集い』まであと三日……。薔薇園がこの状態では……」

万全には程遠く、開催さえ難しくなりそうだ。

「『薔薇の集い』が間近に迫った今だからこそ、無謀ともいえる行動に出たんですね」

『薔薇の集い』は長く続けられた伝統行事であり、国内の主要人物が招かれている。

直前で中止となっては、陛下の威信にもかかわってきた。

「……犯人達にとって、レレナ誘拐を行ったのはただの偶然だ。元々は、あの炎を生み出す紋章具で大規模な火災を起こし、そちらに警備の兵士達の目が向いている間に、この薔薇園を荒らす計画だったようだ」

「昨日のあの火災は、陽動のためだったんですね……」

警備の兵士達が精鋭揃いとはいえ、王城内での突然の火災に、動揺はゼロではないはずだ。

犯人達はその隙をついて、薔薇園に侵入したらしい。

外から見えやすい、入口近くの薔薇にはわざと手を出さなかったせいで、朝になるまで犯行が発覚しなかったようだ。

「レレナの誘拐も許せませんが、薔薇への仕打ちも酷いですわ」

手折られた薔薇を見つめた。

以前ここへ来た時、薔薇達はそれは美しく、大輪の花を咲き誇らせていた。

庭師達が丹念に世話をし、長く愛情を注いだからこその美しさだ。

ここまで荒らされてしまった以上、簡単には元に戻らないはずだった。

「……今年の『薔薇の集い』は、中止することになるのでしょうか？」

尋ねると、グレンリード陛下は難しい顔をしている。

「今、薔薇の様子を庭師達に詳しく確認させているが……。望みは薄そうだ。今日一日、庭師達の意見を聞き対応を考え、それで難しそうなら正式に、中止の通達を出す予定だ」

◇◇◇

「……良くないことが続くわね……」

薔薇園を後にした私は、馬車の中でため息を抑えられなかった。

レレナの誘拐に始まり、今度は『薔薇の集い』への妨害だ。

私個人としてもここのところ、いっちゃんが家出してしまったり、ぐー様の衝撃の事実を知ってしまったりと、心安らかでないことが続いていた。

「いっちゃん、どこに行っちゃったんだろう……」

馬車から離宮へ降り立ち、ため息の代わりに呟いた。

いっちゃんのサバトラ模様が懐かしかった。

薄いグレーに濃い灰色。縞々のもふもふに、ゆらゆらと気まぐれな尻尾。

肉球と鼻は黒くて、ちょうどあんな風に歩いていて……。

「にゃあ」

「……え？」

目をしばたたく。

え？　えぇ？

ついにイマジナリーいっちゃんを見てしまったのかと、まばたきを繰り返した。

「にゃにゃにゃ？」

もう一度、いっちゃんが鳴き声を上げている。

とてとてと寄ってきて、足に体をすり寄せてきた。

幻でも夢でもない証拠に、横でルシアンが驚いているようだ。

「いっちゃんっ……‼」

「にゃぎゅっ⁉」

ぎゅっと強く。

座り込みいっちゃんを抱きしめた。

頬を灰色の毛がくすぐり、ぐんにゃりとした体温を腕の中に感じた。

「お帰りなさい！　今までどこへ行っていたの？」

サバトラの毛並みを思う存分撫で、久しぶりの抱き心地を堪能していると、いっちゃんが話しかけてきた。

「にゃにゃうにゃ‼」

「え、待って。なになに……」

いっちゃんの仕草、そして表情から、言わんとすることを読み取っていく。

「『どこへ行っていたか、教えることはできない』……？」

「うにゃうにゃ」

「え、違う？　少し間違ってる？」

「にゃっ‼」

首を縦に振るいっちゃんの様子から、どうにか意図を推察していった。

「『今はまだ教えられない。いずれ教える時がくる』……であってる？」

「にゃにゃっ‼」

今度は正解のようだ。

……今はまだって、どういうことだろうか？

いっちゃんは私の腕から抜け出すと、乱れた毛並みを直すように、丹念に毛づくろいをしている。久しぶりの再会にドライな態度だけど、尻尾の先がゆらゆらと、上機嫌に揺れているようだ。

「……人騒がせな猫ですね……」

マイペースないっちゃんに、ルシアンが呆れ半分の目を向けている。

いっちゃん不在時の心配そうな様子は、欠片も表に出していないようだ。

「こうして戻ってきてくれたならそれで十分よ。……これから先、何日か遠出することはあっても、この離宮に帰って来てくれるのよね？」

「にゃっ‼」

『もちろんです！　ここには苺料理がありますからね！』

と言うように、いっちゃんが大きく頷いている。

この様子なら、離宮から本格的に離れる心配はなさそうだった。

「いっちゃんの方は、これで一安心ね。あとは薔薇園の方が、どうにかなればいいのだけど……」

「……にゃうっ？」

『今なんと言いました？』

と言うように、いっちゃんが鳴き声をかけてきた。

以前いっちゃんも、薔薇園にお邪魔している。

そのせいか、薔薇園という単語に反応したようだ。

こちらを見上げ、詳しい話を教えろと催促している。

「実はさっき――」

薔薇園が荒らされたことについて、いっちゃんに説明をしていく。

じっと聞いていたいっちゃんは、何やら考え込むようにしていた。

「いっちゃん、どうしたの？　もしかしていっちゃんの力を、貸してくれるつもりなの？」

いっちゃんは庭師猫という種族の幻獣だ。

苺を育て食べている印象が強いが、植物全般の成長を、促す力を持っている。いっちゃんがその気になれば、傷んだ薔薇を癒し、再び花を咲かせることも可能だろうけど……。

「薔薇園は広大よ。いっちゃんが頑張っても、全部の薔薇を元に戻すのは難しいと思うわ」

「……にゃにゃにゃ……」

『それはその通りですが』、と。

相槌を打つように鳴きつつも、いっちゃんは何か考え、迷っているような気配があった。

「にゃうにゃうにゃにゃ、うにゃにゃにゃにゃ…………にゃっ‼」

どうやらいっちゃんの中で、何か結論が出たようだった。

髭を揺らすと、踵を返し走り始める。

「どこへ行くつもり？」

いっちゃんが、ついてこいと言うように振り返る。

四本の足を動かし、離宮の裏手へ向かうようだ。

しばらくついて行くと、いっちゃんが立ち止まった。

特になんということも無い、森の中の小道だ。

「どういうこと？　そろそろ説明を――」

「にゃあっ‼」

いっちゃんは説明を求める私の声を遮り、大きく鳴き声を上げた。

どうしたのだろうと見守っていると――

「みゃあ！」

「ににゃっ‼」

「みゃうみゃうにゃ‼」

何重にも、猫の鳴き声が重なって聞こえた。

ガサガサと茂みを揺らしながら、たくさんの猫が集まってくる。

「いっちゃんのお友達？　それと、も……」

私は目を見開いた。

視線の先、いっちゃんの周りで猫達が、二本足ですっくと立ち上がっている。

「猫、いいえ違う、あなた達全員、もしかして庭師猫なの……？」

私の問いかけに、たくさんのにゃあという鳴き声が上がって。

庭師猫の集団が頷いたのだった。

七章　美味しい料理の条件は

茂みから現れた庭師猫は、合計二十九匹いるようだ。

白に黒、茶トラにサバトラ、ポインテッドに靴下猫……。

毛皮の模様は様々だけど、全員ただの猫ではない証拠に、危なげなく二足歩行をしていた。

「すごい光景ね……」

庭師猫は幻獣だけあり、希少な存在のはずだった。

今までいっちゃん一匹しか見たことが無かったのに、一気に三十匹近くに遭遇だ。

庭師猫達はみゃあみゃあにゃあにゃあと、互いに会話を交わしているようだった。

「……いっちゃん、どういうことか説明してくれるかしら？」

こちらを見上げるいっちゃんから、情報を引き出し整理していく。

――ここにいる庭師猫はそれぞれ、王都城下町でひっそりと暮らしていたようだ。

外見は猫そっくりだから、まぎれこむのは難しくないようだった。

「猫として暮らしていれば、乱獲の手からは逃れられるけど……。人間に料理を頼むことはできないわよね」

私の言葉に、庭師猫達が一斉に頷いた。

かわいい。

二本足で立つ庭師猫達が集まった光景は、童話そのものでとてもファンタジーだ。

童話の住人のような庭師猫は、自らの好きな食べ物を育てる習性を持っている。

いっちゃんほど食に熱意を注ぐ個体は珍しいようだけど、好物をより美味しく食べたいという欲求は庭師猫全体に共通する、いわば本能のようなものらしい。

毎日の食事に不満を持つ同族達の声を、いっちゃんは聞いてしまったようだ。

「だからいっちゃんは、この離宮へ来れば料理を作ってもらえるかもしれないって、王都やその近くの町まで足を伸ばして、庭師猫達と話し合い勧誘をしていたということ？」

「にゃうっ‼」

その通りです、と。

いっちゃんが鳴き声を上げてきた。

食にこだわりを持ついっちゃんだからこそ、同族の境遇を無視できなかったようだ。

私が王都の街中に行った時見かけたいっちゃんは、ちょうど勧誘活動の最中だったらしい。

「いっちゃん、優しいのね……。でも私、結構心配したのよ？　その子達の勧誘のために離宮から離れていたなら、教えてくれたら良かったじゃない」

じっとりとした目を向けると、いっちゃんが庭師猫達を指し示した。

ついで手を交差させ、バツ印を作っている。

「えっと、待って。考えるわ……」

いっちゃんの言わんとすることを、ルシアンと二人で翻訳しようとした。

「……あ、そうか。いっちゃんじゃなく、王都の庭師猫達の願いだったのね？　庭師猫達はまだ、この離宮に来るか決めかねていたから、人間である私に対して、自分達の存在を言わないで欲しかったということね？」

乱獲された歴史を持つ庭師猫は、警戒心が強いそうだ。

見ず知らずの人間である私のことも当然警戒し、いっちゃんに口止めをしていたらしい。

庭師猫達は今も私から、一定の距離をとったままだ。

「初めまして。私がこの離宮の主人のレティーシアよ。私としては、あなた達を受け入れたいところだけど……」

これだけ大量の庭師猫を住まわせるなら、陛下の許可を取った方が良さそうだ、と。

そこまで考えたところで、

「なるほど、そういうことね」

私と庭師猫達を、今このタイミングで引き合わせた、いっちゃんの思惑に思い至った。

「薔薇園の薔薇を咲かせる手伝いを、あなた達もしてくれるのね？」

庭師猫達は二十九匹もいた。

これだけ数が揃っていれば、荒らされた薔薇園もなんとかなるかもしれない。

「あなた達は薔薇園のために働いて、その代わり陛下に、離宮に住む許可を与えて欲しいということ……？」

そこまで、あの場で咄嗟にいっちゃんが考えたことに驚いた。

賢いとは思っていたけれど、人間と同じか、それ以上に庭師猫達は、頭のいい種族なのかもしれない。

すごいなぁと感心する私へいっちゃんが、

『この取引、受けてくれますよね？』

と言うように鳴いたのだった。

◇◇◇

「こいつらが本当に、薔薇園を元に戻してくれるのか？」

半信半疑といった様子の陛下が、庭師猫達を見下ろしている。

さっそく薔薇園へと連れてこられた庭師猫達が、かしましく鳴き声を上げていた。

「みー」

「にゃー」

「うにゃうにゃ？」

庭師猫達は手分けして、傷ついた薔薇を確認しているようだ。

薔薇園中をくまなく回ると、一か所に固まり相談らしきことをしていた。

私も初めて見る、二本足で立つ猫達の集会だった。

「どう、いっちゃん。いけそうかしら？」

「……にゃっ！」

頷いてくれるいっちゃん。

庭師猫達がばらばらと、薔薇園の四方へと散っていった。

「わぁ……！」

庭師猫達が前足を伸ばすと、肉球に光が宿った。

光が折れた薔薇の蔓に触れた途端、みるみる傷が治っていく。

薔薇園のあちこちで光が灯り、甘い香りが漂ってきた。

「こんなに一斉に、薔薇が咲くところを見られるなんて……！」

夢のような光景だった。

傷が癒えた蔓に蕾《つぼみ》がつき、次々に花弁を綻ばせていく。

咲き誇る薔薇は芳しくも瑞々《みずみず》しく、一つ一つが芸術品のように美しかった。

「……庭師猫って、すごい生き物なんですね」

呟くと、近くにいた白い庭師猫がえっへんと胸を張っていた。

自分達の働きを、誇らしく思っているようだ。

「見事な庭師っぷりだ。さすが、庭師猫と呼ばれるだけあるようだな」

陛下も感心しているようだ。

紫の薔薇に手を添え、花弁の様子を観察している。

「今年の薔薇の仕上がりは上々だったが……。同じかそれ以上に、美しく咲いているようだ」

「これなら、今年の『薔薇の集い』も開けそうですか？」

「そうだな……」

薔薇園を見渡し、陛下は考えているようだ。

「……少し花の数が足りないな。一輪一輪が立派で存在感があるおかげか見栄えは問題ないが、招待客に土産として渡す花束用の薔薇を摘むほどの余裕が、無さそうに見えるのが気がかりだ」

「お土産用の薔薇……」

確かに、お土産が無くては不完全だった。

薔薇の花一輪さえ用意できないのかと、侮られてしまうはずだ。

「他の薔薇園から、お土産用の薔薇だけもらうのは駄目でしょうか？」

「難しいな。王都ではこの薔薇園でしか咲かない品種を中心に、毎年花束を作っている。ありあわせの花束では、薔薇好きの貴婦人の目を誤魔化せないはずだ」

「そうでしたの……」

「かつては生の花ではなく、薔薇の意匠を用いた品を渡した年もあったが、今からではそれも難しそうだ」

『薔薇の集い』は、三日後に迫ってきている。

今から招待客の人数分、上質な品物を手配するのは厳しいようだ。

「……あ」

一つだけ、間に合うかもしれない心当たりがあった。

前例にない品物だけど、上手くいけば人数分用意できそうだ。

「陛下、土産の品物について私に提案がございます――」

◇　◇　◇

――それから二日間。

目の回るような忙しさだったが、どうにか『薔薇の集い』に間に合わせることに成功した。

『薔薇の集い』当日、私は陛下と共に、薔薇園で招待客達を出迎えていた。

「とても綺麗な薔薇ですわね」

華やいだケイト様の声が聞こえてくる。

仲の良い令嬢達と一緒に、薔薇を見て回っているようだ。

「美しいですわね。今年の薔薇は一等、色鮮やかな気がしますわ」

「わかります。香りもとても素敵ですわ」

「こんなに見事な薔薇を見たの、私初めてじゃないかしら？」

令嬢達が、薔薇を前に賑《にぎ》わっている。

隣の陛下と二人、招待客の様子を観察する。

聞こえてくる感想はおおむね、好意的なものが多かった。

ほんの数日前、この薔薇園が無残に荒らされていたとは、招待客達は気づいていないようだ。

「いっちゃん達庭師猫には、感謝してもし足りませんね」

「同感だ――っと、そこを動くな」

「えっ？」

ぐい、と。

肩に陛下の手がかかった。

体が引き寄せられ、美しい顔が迫ってくる。

「陛下……？」

「蜂だ」

蜂の針から庇《かば》ってくれたようだ。

「ありがとうございま……」

お礼の言葉が途切れてしまった。

陛下の碧の瞳が近くて、ぐー様と同じ色をしていて。

思わず体が硬直してしまった。

「どうした？　まさかもう、どこか刺されているのか？」

「い、いえ、違います。ありがとうございました」

どきまぎとする鼓動をなだめながら、陛下からそっと体を離した。

……できるだけ、意識しないようにしているけれど。

ぐー様と陛下が同じ存在であるということ。

そしてぐー様の姿の時の陛下に、色々とアレな私の姿を見せてしまったということ。

それらの事実を思い出すと、心臓にとても悪いのだった。

「どうした？　おまえ、少し様子がおかしいぞ？」

陛下は目ざとかった。

こちらの様子を確認しようと、再び距離を詰めてきた。

「本当に何でもありませんわ。誤解されてもいけませんし、離れた方がよろしいと思います」

「……そうしよう」

陛下の体温が遠ざかっていった。

少し寂しいけど、これが相応《ふさわ》しい距離感だ。

料理を通して陛下と交流を深め、ぐー様の秘密を知ったとしても。

私が期間限定の、お飾りの王妃であることは変わりなかった。

公の場で陛下と親しくしすぎるのは、望まれない立ち位置なのだ。

「……あ、陛下、見てください。リディウスさんも来たみたいです」

色鮮やかな人々の中に一人、黒衣を着て参加しているようだ。

目立っているが、あれは魔術局の制服でフォーマルな装いだった。

……誘拐犯であるベレアスさんを、庇おうとしたリディウスさん。

しかし同時に、彼の動きのおかげで、レレナの誘拐が解決したため、功罪相殺となりおとがめは無いようだった。

魔術局の若手筆頭研究者として、『薔薇の集い』に招待されたリディウスさんを見ていると、その横を不機嫌そうな貴族の集団がよぎっていく。

「あの方達は確か……」

「ディアーズの知り合い達だな」

横に立つ陛下が、冷ややかに目を細めていた。

ベレアスさんの自白もあり、事件に加担していた人間は、全員捕らえることができたらしい。

今この場にいるのは当然、事件には無関係なディアーズさんの知り合いなんだけど……。

どう見ても不服そうに、不機嫌そうな顔で薔薇を見ている。

事件に直接関わっていなくとも、犯人達の計画を知り楽しみにしていた可能性は、十分考えられるのだった。

「ほう、やはり、あいつらも計画を知っていて止めなかったようだな」

不愉快な輩だ、と。

陛下が隣で吐き捨てていた。

「どうしたんですか、陛下？　もしかして、あの方々の話している内容が聞こえたんですか？」

距離がだいぶあるし、周囲は歓談する人々の声であふれているけれど……。

「……狼は耳もいいからな。注意してよく聞けば、これくらいは聞きわけることができる」

「すごいですね……！　ちなみにどんな会話を、あの方達はしているんですか？」

「そうだな……」

陛下は唇を閉じると、耳を澄ませているようだ。

「全部は聞きとれないが、おそらく……『薔薇園は荒らされたはずだろう？』『どんな手を使いこの薔薇を調達したんだ』というような内容を、仲間内で小声で呟いているようだ」

かすかに眉をしかめながら、陛下が教えてくれた。

「他には、『忌々しい薔薇だ』『だがどうせ、急場でかき集めただけだ』『土産の品を用意できたかは怪しいな』『いい気味だ』と会話しているようだ」

「……土産用の品、ですか」

どうにか準備することはできたし、品物を見せた陛下にも高評価をいただいたけれど。

招待客達に受け入れてもらえるかは、まだわからなかった。

不安を隠しながら、招待客達の歓待を行っていると、『薔薇の集い』が閉会を迎える。

王家の使用人達が招待客達に、順番に土産を手渡していた。

「美しい……！　この半透明の薔薇は一体？」

さっそく受け取った招待客の一人が、土産を陽の光に掲げていた。

「何ですかそれ？　細工物ですか？」

「この見た目、ガラスで作られているのか？」

「ガラスではここまで花弁を薄く、本物のように作るのは不可能なはずです」

土産を受け取った招待客達が、思い思いに言葉を発していた。

——艶やかな赤い半透明の花弁を持つそれは、飴で形作られた薔薇だ。

薄く伸ばされた飴には艶が出ていて、光を弾き美しく輝いていた。

招待客達の多くは初めて見る飴細工の薔薇に、興味を惹きつけられているようだ。

この国には金属製の薔薇飾りがあったが、花弁は分厚く色も金属そのものだった。

赤、白、黄に紫、そしてピンク色……。色とりどりの飴細工で作られた薄い花弁は、高評価を受けているようだ。

「……ジルバートさん達のおかげね」

飴細工の作製者はジルバートさん達だ。

この短期間で高品質な飴細工を、招待客の人数分作ってくれたのだ。

「……間に合うのか、正直私はひやひやしていたぞ」

横でぼそりと陛下が呟いた。

陛下の言葉は、この国の人間としてごく普通だ。

この国では飴細工の技術が発展しておらず、陛下も飴細工に馴染みが無かった。

日本でだって確か、江戸時代くらいまで飴細工の技術は限られていたはずだ。

「色々と幸運でしたわ。ちょうど最近、飴細工に手を出していたんです」

きっかけは、王都へのお忍びの際に見かけた、金属でできた細工物の薔薇だ。

あれを見て私は、そういえば飴でも薔薇が作れるなぁ、と、前世の記憶を思い出したのだ。

飴自体はこの国でも一般的なお菓子だし、上手く作れば、この国でも飴細工をつくることができるはず、と。

ジルバートさんに話を持ち掛けた結果、離宮の料理人達と一緒に、飴細工に挑戦することになったのだ。

「薔薇の飴細工、見た目はとても華やかですが、意外と作りやすいんですよ」

「どのように作るのだ？」

「まず飴を加熱して、少し冷めたら手で伸ばして畳んで、ひたすらこねていくんです。これで飴に酸素が……空気が含まれて、表面に光沢が出てきます。火傷をしないよう気を付けつつ、飴が冷えて固まるまでの時間勝負になりますが……何度か練習すればコツが掴めてきます」

前世で何度も飴細工作りに失敗したおかげで、そのへんは慣れっこだった。

こちらでは細かな器具や材料の違いがあったが、ジルバートさんと相談して解決している。

「そうして出来上がった光沢のある飴をちぎって、花びらの形に薄く伸ばしていくんです。軽くカーブさせた花弁を中心部分から重ね、温めた飴を接着剤にして形を作って行けば完成になります」

コツは外側の花弁ほど、大きめに作っておくことだ。

中心から花弁の広がる、立体的な薔薇を作ることが可能だった。

「こうして聞いている分には難しく思えないが……。今日用意された薔薇は、花弁の細かな襞《ひだ》まで再現された、本物にそっくりの形をしている。あそこまでの品は、簡単には作れないのではないか？」

「その点は、私も驚いていますよ。まさかこの短期間で、あそこまで高品質な飴細工を作れるようになるとは、予想外でしたもの」

ジルバートさん達料理人の才能と、料理人魂に乾杯だ。

……前世と比べて、食文化のあれこれが、発達していないこの国だけど。

材料を揃えやり方を教えると、みるみると上達する人間もいる。

ジルバートさんはその筆頭で、前世で飴細工の経験がある私より既にもう、高い技量に手が届いていた。

飴細工を手にし感心したような招待客の様子に、私は目を細めたのだった。

◇　◇　◇

「ふぃ～～～～。今日は久しぶりにのんびりできそうね」

つつがなく『薔薇の集い』を終えた翌々日、私は自室で羽を伸ばしていた。

既にジルバートさん達料理人には、追加で報酬の手配がしてある。

『薔薇の集い』前、彼らには厨房にこもりきりで飴細工を作ってもらっていた。

彼らの協力あってこその、『薔薇の集い』の成功だった。

「光に透かすと、すごく綺麗よね、これ」

真紅の薔薇を象った、飴細工を窓に掲げた。

よく練られた花弁は艶やかで、光沢と透明感を両立させている。

角度を変え眺めながら、飴細工の美しさを堪能していると、

「にゃっ！」

「あっ！」

ぱくり、と。

花弁を一枚、いっちゃんが口にしていた。

小さなお口いっぱいに頬張ると、なめて味を楽しんでいるようだ。

「目ざとい……！」

この飴細工の赤は、苺ジャムによって色付けしたものだ。

苺あるところにいっちゃんあり。

花より団子といった様子で、苺味の飴をぺろぺろとなめていた。

「うーん、あっという間に形が崩れてもったいない気もするけれど……

儚《はかな》い造形美だからこそ、価値があるのも確かだった。

生花と同じように、限りある美しさだからこそ素晴らしい、と。

『薔薇の集い』の土産として配られた飴細工は、無事受け入れられていたようだ。

「にゃっ！　にゃにゃにゃにゃっ‼」

『追加の苺菓子をください』、と。

いっちゃんがこちらを見上げた。

見れば飴細工の薔薇は跡形もなく、いっちゃんのお腹の中に入ってしまったようだ。

「食べるの早いわね……。途中からかみ砕いてない？」

苦笑しつつ、作り置きの苺クッキーを持ってきてやることにする。

いっちゃんは庭師猫達を連れてきてくれた功労者だ。

しばらくの間は甘やかしてあげようと、そう決めているのだった。

◇　◇　◇

たっぷりと苺のお菓子を食べ、満腹で眠るいっちゃんを観察した後。

自室でくつろいでいると、扉が控えめにノックされた。

「どなた？」

「レレナです。入ってもよろしいでしょうか？」

許可を出すと、レレナがおずおずと入室してくる。

誘拐事件以降は忙しくて、こうしてじっくりと顔を合わせるのは久しぶりだ。

顔を青くしたレレナが、がばりと頭を下げてきた。

「本当に本当にっ‼　申し訳ありませんでしたっ‼」

震える手でエプロンを掴みながら、レレナが謝罪をしている。

「勝手に離宮を飛び出して誘拐されてしまってっ……‼　ご迷惑をおかけして、申し訳ありませんでしたっ……！」

「……謝罪は一度で十分よ」

相談もせず、離宮を脱走したのは少し怒っているけれど。

そうせざるをえなかったレレナの気持ちはわかるし、その後の誘拐事件について、レレナに非は存在しなかった。

「誘拐は色々と間が悪かっただけで、レレナは悪くないもの」

「……ですがっ……！」

私の言葉に、レレナは納得できていないようだ。

やけに頑なな様子に、私は少し、踏み込んでみることにした。

「……レレナが離宮から出ていったのは、メランのせいでいっちゃんが、家出してしまったと誤解したからと言っていたわよね？」

レレナがこくこくと頷いている。

本当はいっちゃんは、王都の庭師猫の勧誘に行っていたわけだけど……。

あの時点ではレレナが、メランのせいだと思い込んでも仕方ない面があった。

「自分がメランを連れて離宮から出ていけば、いっちゃんが帰ってくるはず。……そう考えて、離宮を出ていったということよね？」

「……はい。そのつもりでした……」

頷くレレナの言葉は、きっと嘘ではないはずだ。

……嘘ではないが全てを、語っているわけではないのかもしれない。

「ねぇ、レレナ。怒ったりしないから教えて欲しいことがあるの」

私の問いかけに、レレナが身をすくませた。

心当たりがあるようだった。

「……なんでしょうか？」

「レレナがあの日、離宮を出ていったのは、寂しかったのも理由の一つでしょう？」

「っ……！」

図星だったようだ。

レレナが金色の瞳を見開き、かわいそうなくらい顔色を青くしている。

「そ、んなことありません……。レティーシア様も離宮の皆様も、とても私に親切にしてくれています」

「……親切にされても、寂しさは消えなかったはずよ。だってここはレレナの住み慣れた家じゃなくて、家族のクロナもいないんだもの」

見知らぬ場所に連れられ、新しい生活が始まって。

ホームシックになって当たり前の毎日に、簡単に慣れることはできないはずだ。

「私は……」

「責めているわけじゃないわ。レレナは侍女見習いとして、この離宮に馴染もうとしてくれていたもの。頑張っているレレナを褒めこそすれ、怒る人は誰もいないわ」

レレナは頑張って頑張って……頑張りすぎてしまったのだ。

弱音をこぼすこともできず、寂しさを抱え込んでしまっていたようだった。

「……少しだけ、タイミングが悪かっただけだと思うわ。いっちゃんの家出の原因かもと自分を責めていっぱいいっぱいになってしまって……。クロナと住んでいた家に、逃げたくなったんじゃないかしら？」

今はクロナのいない、空っぽの家だとしても。

生まれ育った家に、故郷に、帰りたいと願うのも自然だった。

……冷静に考えると、幼いレレナが王城を抜け出し、故郷に向かうのは難しいのだとしても。

それに思い至らないほど、追い詰められていたようだ。

「……レレナの気持ち、私も少しだけ理解できるわ」

「レティーシア様が、私なんかの気持ちを……？」

信じられないと、レレナが呟いていた。

「私も、住み慣れた故郷を出てこの国に来ているわ。幸運にも、陛下にこの離宮を与えられて、毎日楽しく暮らしているけれど……。それでもたまに、故郷が懐かしくなってしまうもの」

お父様にお兄様達。それに数は少ないが友人もいた故郷エルトリアを、恋しく思う夜があるのだった。

「私は自分で選んで、準備してこの国にやってきたけど、それでも寂しさは消せていないわ」

「レティーシア様も寂しさを……」

「そうよ。だからね、私より小さいのに大変な目にあっているレレナが、寂しいと感じるのも当たり前のことだと思うわ」

労わるようにそっと。

レレナの頭を撫でてやった。

猫耳の生えた頭はまだ、私よりずっと低い位置にあるのだ。

「私じゃレレナの寂しさを癒せないだろうけれど……。代わりに少しだけ、美味しい料理を出そうと思うわ」

「……美味しい料理を？」

「川魚のトマト煮込みよ」

レレナの顔がくもった。

離宮へやってきた日、川魚のトマト煮込みを食べ、レレナは涙を落としていた。

「心配しないで。今日これから作るのは、この前のトマト煮込みとは違うわ」

「え……？」

「クロナに手紙で、レシピを聞いてみたのよ」

牢にいるクロナとは一か月に一通だけ、手紙のやりとりが認められていた。

検閲が入るとはいえ、詳しいレシピを聞くくらいはできるのだった。

「お姉ちゃんのレシピのトマト煮込み……」

「ええ、そのつもりよ。……レレナが食べたかったのは、そのトマト煮込みなんでしょう？」

レレナがこくりと頷いている。

この前出したトマト煮込みは、私とジルバートさんが作ったレシピを使っていた。

川魚の風味を引き立てる自信作の味付けだったけれど……。

レレナにとってのトマト煮込みは、姉のクロナが作ったレシピなのだ。

あの日レレナが泣いていたのはきっと。

今まで食べていたトマト煮込みとの味の違いに、驚き寂しくなってしまったからだ。

美味しい料理の条件は、決して味だけではなかった。

料理にまつわる記憶や、こめられた思いがあるからこそ、食べたいと思う料理もあるのだ。

「安全の問題上、レレナを今、家に帰してあげることはできないけれど……。ここで思い出の料理を食べながら、クロナが刑期を終えるのを待つことはできるはずよ」

「……私はこれからも、この離宮に置いてもらってもいいいんですか？」

おずおずと尋ねたレレナへと、

「もちろんよ。レレナさえ良ければ、侍女見習いとして歓迎しているわ」

安心させるように、私は笑いかけたのだった。

◇◇◇

「レティーシア様、レレナを寝室に運んでおきました」

「ありがとう。ご苦労様ねルシアン」

トマト煮込みを食べたレレナは、またもや泣いてしまっていた。

懐かしい味を口にし、張りつめていた糸が切れてしまったようだ。

泣き疲れ寝落ちしたレレナだったけど、寝顔は穏やかな気がした。

思いっきり泣いたことで感情を発散できたのかも……と考えながら、見るともなしに窓の外を眺めた。

夏の日差しの中、木陰で休むもふもふ達。

ぴよちゃんがぺったりと、顔を伏せ眠り込んでいる。

柔らかな羽毛にはいっちゃんと、少し離れてメランが体を埋め眠っているようだ。

「いっちゃん達は暑くないのかしら？」

しばらく見ていたが、いっちゃんは動かなかった。

暑さより、ぴよちゃんの羽毛の心地よさが勝ったのかもしれない。

仲良しでかわいいなぁ。

もふもふ達の寝姿に、頬が緩んでしまった。

初対面の時は、最悪の仲だったいっちゃんとメランだったけど。

今は寄り添うとまではいかずとも、互いに快適な距離感で過ごせているようだった。

「時間の流れは、関係を変えていくものね……」

私自身も、例外ではないはずだった。

お飾りの王妃として嫁ぎグー様と出会って、その秘密を知ることになって……。

あの日以来お互い忙しくて、腰を据えた話し合いはまだの私と陛下の関係も、この先変わっていくのかもしれなかった。

「まぁその前に、庭師猫達の面倒を見ないといけないわけだけど……」

窓の外、離宮裏手の森へと視線をやった。

いっちゃんが連れてきた庭師猫達は、苺畑のある近くに、それぞれ持ち寄った植物を植えているようだ。

「いっちゃんにフォン、それにぴよちゃんに庭師猫達もいるわ」

離宮に集まった、様々なもふもふ達を思って。

私は微笑を浮かべたのだった。

Extra edition

書き下ろし番外編①　魔術師のお気に入り

「もう朝か……」

窓から差し込んできた光に、リディウスは目をしばたたいた。

魔術局で徹夜して、新しい魔術式の構築に明け暮れていたところだ。

もう二日ほど、まともに寝ていないはずだった。

「いや違うな三日間か……？」

ぶつぶつと呟くと、急激に眠気が襲ってきた。

魔術式の完成にこぎつけたことで、集中力が切れてしまったようだ。

ぐらりぐらりと、寝不足の頭で倒れ込む。

「きゅいぃぃっ！」

間一髪、くるみ鳥が滑り込んできた。

水色の羽毛が、優しくリディウスの体を受け止めている。

リディウスは起き上がる気力もなく、くるみ鳥へ体重を預けた。

「きゅぴよぴ……」

『仕方ないなぁ』、と言うように。

くるみ鳥が体を震わせた。

えいやっとリディウスを背負うと、寝台に向け歩き始める。

(助かるな……)

魔術バカなリディウスがどうにか生活していられるのは、くるみ鳥の存在も大きかった。

水色のくるみ鳥はひなを慈しむように、リディウスの面倒を見ている。

くるみ鳥に世話を焼かれるなんて情けない、と。

そう言って馬鹿にする人間も多いが、リディウスは気にしていなかった。

魔術に関わらない全ては、リディウスにとってどうでもいい事柄だからだ。

(言いたい奴には言わせておけばいい。他人からどう思われようが関係ないが……)

リディウスの脳裏に、一人の少女の姿が浮かんだ。

(レティーシア様……)

彼女のことを思うと、不思議と鼓動が速くなった。

レティーシアは今まで会った中で、一番高い魔力量を持つ魔術師だ。

そのせいかリディウスの頭にも、彼女の姿が焼き付いていた。

(彼女の語る言葉は新鮮だった)

レティーシアとの会話は刺激的なものだった。

彼女の口から語られる魔術理論、そこから推察される思考体系の大枠は、エルトリア出身の魔術師らしいものだ。

しかし時折、リディウスも初めて触れる発想が飛び出してきた。

『省エネ』『たこ足配線』など、耳慣れない言葉や概念も多かったが、意味や仕組みを尋ねると納得できる、とても実りのある会話だった。

(僕の投げかける言葉に、きちんと返してくれる相手は貴重だ)

リディウスは自分が変人であるという自覚があった。

たいていの相手はリディウスとの本格的な議論を避け、愛想笑いを浮かべるだけ。

レティーシアのように真剣に、向き合ってくれる相手は少なかった。

リディウスが誘拐事件の犯人かと疑われた時も、レティーシアは冷静に事態を見極め、事件を解決に導いている。彼女があの日の火事に対処してくれたおかげで、魔術局の建物とくるみ鳥達は難を逃れていた。魔術を愛しくるみ鳥に世話になっているリディウスにとって、レティーシアはまぎれもない恩人だ。

(……レティーシア様とお会いしたいな……)

くるみ鳥の背で揺られながら、夢うつつにリディウスは思ったのだった。

◇◇◇

仮眠室の寝台に体を投げ出し、睡眠へと落ちて行って。

気が付けばまた朝で、丸一日爆睡していたようだ。

「……んん?」

リディウスが身じろぎすると、体から毛布が滑り落ちていった。

黒い前髪が顔にかかり、視界を塞いでしまっている。

「この布団はくるみ鳥が……？」

「ぴきゅっ！」

すぐ傍で、くるみ鳥の鳴き声が上がった。

もうすぐ朝のエサの時間。リディウスの魔力をもらおうとやってきたのだ。

お望み通り、水色のくるみ鳥に魔力をやり自身も朝食を食べていると、朝礼の時間が始まった。

ボドレー長官の通達する連絡事項を、表情もなく聞いていたリディウスだったが、

「――そのレティーシア様へのお使い、僕が行かせてもらおう」

名乗りを上げると、同僚の魔術師達がざわめいた。

魔術一筋で滅多に魔術局から出ないリディウスの、それは珍しい申し出だった。

◇　◇　◇

「ごきげんよう、リディウスさん。ようこそお越しくださいました」

離宮で出迎えに現れたレティーシアを前にして。

リディウスはしばし黙り込んでいた。

「リディウスさん、どうかされたのですか……？」

「いや、何でもない。気にしないでくれ」

わざとらしく誤魔化しながら、リディウスは視線をそらした。

レティーシアの姿を見た途端、なぜか心臓がうるさくなっている。

「今日はボドレー長官のお使いで、魔石を届けに来たんだ」

「ありがとうございます。確認させてもらいますね」

ルシアンが受け取った袋を、レティーシアが覗き込んでいた。

「地属性の魔石が一つに水属性の魔石が三つ……。頼んだ通り揃っていますね」

「何に使われるつもりだ？」

魔術関連への好奇心のまま、リディウスは口を開いていた。

「この前、リディウスさんと協力して作った紋章具の動力源に使うつもりです」

「『冷蔵庫』というやつか」

「はい。あれ、とても便利ですよ」

レティーシアがにこにこと、紋章具の感想を伝えてくる。

「リディウスさんの刻んでくれた魔術式のおかげで、冷気を発生させ箱の中を一定温度以下に保つことができています。ここのところ暑くなっていますから、足の早い食材の保存に重宝していますわ」

「……設計通り動いているなら問題ない。これからも定期的に、使用感の報告を続けてくれ」

嬉しそうに語るレティーシアが眩しくて、リディウスは目を細めた。

紋章具を作り感謝されることは慣れているが、レティーシアから向けられる言葉は一層嬉しかった。

「そうさせてもらいますね。こちらが、魔石の代金代わりの、ぴよちゃんの羽になります」

「あぁ、受け取ろう。他に何か、魔術局へ運んで欲しいものはあるか？」

「今のところ特にありませんが……。暑い中、せっかく来ていただいたのですし、お菓子を食べて一服して行かれますか？」

レティーシアがリディウスの全身を軽く眺めた。

魔術局の制服は黒を基調にしたマント姿で、この時期はいささか暑くるしかった。

「魔術の練習がてら、すぐ作れそうなお菓子があるんです」

「魔術の練習で菓子をだとそれはぜひ見てみたいな！」

がぜん興味がわいてきたリディウスが、前のめりになったのだった。

◇◇◇

リディウスが応接間で待っていると、少ししてレティーシアがやってきた。

背後に控えるルシアンが、盆の上に氷の塊を乗せている。

「この氷を、魔術で削っていこうと思います」

レティーシアは言うと、魔術の詠唱を始めた。風属性・第五階梯の術式だ。不可視の風の刃が生まれ、余波でふわりと、リディウスのマントが舞い上がった。

「これは……‼」

一瞬にして、氷の塊が粉々になっている。

風の刃で全て、切り刻まれてしまったようだ。

「狂いなく迅速で素晴らしい魔術制御だ！」

リディウスは興奮しながら、氷の破片を観察した。

細かく均等に。薄く削られた破片は、ずば抜けた魔術精度のたまものだった。

「ふふ、ありがとうございます。綺麗に削れるようになったので、口当たりもとてもいいはずです」

レティーシアは氷の破片をスプーンですくい、皿にこんもりと盛り付けている。

小さな氷の山を作ると、麓にチェリーやブルーベリーを添えていた。

「あとは、上からシロップをかければ完成です。レモン味にブルーベリー味、それにハチミツを使ったものがありますから、お好きな味を選んでください」

「レモン味でお願いしよう」

リディウスが答えると、レモンイエローのシロップがかけられていく。

「どうぞお召し上がりください。かき氷というお菓子で、体の内側から涼しくなりますわ」

「あぁ、さっそくいただこう」

添えられていたスプーンですくうと、重さを感じない氷の欠片が乗っている。

薄い氷はきらきらと、新雪のように柔らかな輝きを宿していた。

口にすればさっと溶けていき、冷たさとレモンの香りを感じた。

「興味深い……。魔術で作られただけあって、初めての食感だな」

氷の塊やシャーベットとも違う、儚くも優しい口当たりだ。

食が細いほうのリディウスでも、どんどん食べられそうだった。

「あ、待ってください。そんなに急いで口にすると――」

「〜〜〜〜〜っ！」

頭を押さえ、リディウスは瞳を瞑った。

頭蓋骨の中から金づちを打ち付けられているような、ガンガンと響く痛みを感じた。

「氷を一気に食べると、頭が痛くなってしまうんです」

「……そうだったのか」

かき氷を見つめながら、リディウスは小さく笑った。

（とても愉快だ）

初めての体験、初めての感覚。

リディウスが魔術を愛しているのは、今までにない現象を、この手で生み出せるからだ。

昨日まで知らなかった現象を認識を、レティーシアはこんなに簡単に、リディウスに見せてくれるらしい。

「リディウスさん、いきなり笑いだしてどうしたんですか？」

「……気に入ったんだ」

魔術で作られたかき氷も、レティーシアも。

リディウスの興味を、惹きつけてやまなかった。

「かき氷、そんなにお好きなんですね」

「あぁ、好きだ。自分でも作れるよう、さっそく魔術局に帰って専用の魔術式を組むつもりだ」

「魔術式を？　そこまでしなくても既存の魔術式の応用で、リディウスさんなら作れるんじゃないですか？」

「氷をここまで薄く削るには高い精度が必要だ。僕も魔力制御は得意だが、レティーシア様には遠く及ばない。安定して均一の氷の破片を作るなら、魔力制御の訓練に明け暮れるより、専用の魔術式を作ったほうが手っ取り早いはずだ」

「……新魔術式の作成は普通、手っ取り早いとはとても思えませんが……」

苦笑しながらも、レティーシアが尊敬のまなざしを向けてくる。

リディウスは胸にくすぐったさを感じ、その理由がわからず内心首を捻った。

「確かにリディウスさんなら、そちらの方が早そうですわ。紋章具を作る要領で、魔石で動くかき氷機を作っちゃえそうですものね」

「かき氷機？　そんなものもあるのか？」

「はい。あいにくと現物はここにありませんが、氷を固定し刃を滑らせる仕組みを作れば、誰でも簡単に、かき氷を作れるようになるはずです」

「氷を固定し刃で……。ならばすべり止めが必要であの術式を応用すれば行けるはずでそうだだったら――」

ぶつぶつと早口で呟きながら、リディウスはかき氷機の構想を膨らませていった。

――しばらく後に。

いくつかの試行錯誤の末、魔石で動くかき氷機が、この世界に誕生することになるのだった。

書き下ろし番外編②　庭師猫とチョコレート

「ここもかなり、賑やかになってきたわね」

離宮の裏手、森の中の開けた場所に、私はルシアンと立っていた。

いっちゃんと作った苺畑の横で庭師猫達がそれぞれ、植物を植え世話をしている。

トマトにキュウリ、キャベツに玉ねぎ、それにナスに似た植物など、色とりどりな様子だ。

「にゃにゃ～～～～？」

「うにに……」

「みゃみゃっ！」

庭師猫の柄にも、色々な種類があった。白に黒、茶トラにキジトラ、ハチワレ模様や三毛模様の子もいる。

庭師猫達はみゃうみゃうと会話しながら、せっせと植物の世話をしていた。

害虫がいれば猫パンチでひっぺがし、弱った茎には肉球から魔力をあて癒しているようだ。

「ににっ！」

茶トラの庭師猫が、よく熟れたトマトを手に近づいてきた。つやつやと真っ赤なトマトは食べごろで、見るからに美味しそうだった。

「いいトマトね。今回も、ミネストローネが希望かしら？」

「にゃっ！」

庭師猫が元気に頷いている。いっちゃんと同じように、他の庭師猫達も人間に料理を求める習性があった。植物を育てるのは得意でも、収穫後の加工は自力でできないからだ。

「みー！」

「にゃにゃっ‼」

僕も僕も、私も私も、と。

庭師猫が何匹も、収穫物を手にやってきた。

今のところ庭師猫達の信用を得た人間は私一人しかいないため、絶賛モテ期到来中だ。

「えぇっとトマトの次がカボチャで、次がホウレンソウ、その更に次がブドウで……」

次々と差し出される収穫物は、本来の旬の時期がバラバラだった。

庭師猫は魔力を使うことで植物の成長を早回しし、年中いつでも、好物を収穫できる生き物だ。

ルシアンと二人で手分けして、籠いっぱいに野菜と果物を抱えることになる。

「今日も豊作ね～」

「腕が鳴りますね、っと」

ルシアンが言葉を切り、ひょいと長い足を持ち上げた。

ハチワレの庭師猫が足元を、早足で横切っていったようだ。

「忙《せわ》しない獣ですね」

「庭師猫にも、色んな性格と柄の子がいるのよ」

ぐるりと、植物の世話をする庭師猫達を眺めた。

十日前、いっちゃんが初めて連れてきた庭師猫は全部で二十九匹だった。その後も一匹、二匹と少しずつ増えていて、今や四十四匹以上の庭師猫が、離宮の近くで暮らしている。

「ずいぶんと数が増えたけど、そういえば――」

「にゃっ！」

一つ大きな鳴き声が上がった。気が付けば庭師猫達は皆、森の一点を注視しているようだ。

見守っていると茂みから、もっふりとした猫が姿を現した。

「一、二、三……全部で六匹ね」

クリームホワイトに淡いブラウンの模様が入った、長毛種の猫達のようだ。顔の中心と足の先っぽが淡い茶色の、前世でいうラグドールに近い外見だった。

「……あれも庭師猫でしょうか？」

「どうかしら……」

庭師猫は柄や尻尾の形も様々だが、一つだけ共通点があった。

先ほど私が口にしかけたように、庭師猫は全て短い毛の持ち主で、長毛種はいなかったのだ。

「こんにちは。あなたもいっちゃんの知り合いの庭師猫なのかしら？」

背をかがめ話しかけると、澄んだブルーの瞳がこちらを見つめた。

美しく長い毛並みもあって、どことなく高貴さを感じさせる子だ。

しばらく見つめあっていると、長毛種の子のもとにいっちゃんがやってきた。

にゃうにゃうと何事かいっちゃんと話し合い、二本の足ですっくと立ち上がっている。

「長毛種の庭師猫もいるのね……」

新発見に小さく驚いていると、長毛種の庭師猫の一匹が、自分の胸元に手を突っ込んでいた。

長い毛をかきわけるように、何やら手を動かして……。

「種？」

中から出てきたのは、数粒の小さい種だ。アーモンドに似た形で、白っぽい色をしている。

「何の種かしら……？」

見覚えがある気がするが、どうも思い出せなかった。

長毛種の庭師猫が種を植えているから、数日もすれば正体がわかるかもしれない。

「ふふ、楽しみね」

どんな美味しい植物になるのか、期待していたわけだけど——

◇◇◇

「……まさかこれって……」

その翌々日。

急速に成長した植物は、期待以上だったようだ。

「カカオ……？」

前世ではおなじみの、チョコレートの原料になる植物だ。

伸び上がった数本の木にいくつもの、ラグビーボールのような黄色の実がついていた。

どうやら一昨日のあの種は、カカオパルプと呼ばれる白い果肉をうっすらとまとった、カカオの豆だったようだ。

「こうしてまた、カカオを見ることができるなんて……！」

感動し、私はカカオの実を見上げた。

「かかお、ですか？　レティーシア様はご存じなんですね？」

「すごく美味しいわ！　甘くていい香りがして、色んな食べ方ができるわ！」

ルシアンへ力説してしまった。

ミルクチョコにビターチョコ、ココアにオペラ、とろりとあったかいフォンダンショコラ！

考えるだけで、うっとりしてしまうラインナップだ。

こちらの世界では、見当たらないと諦めていたけれど……。

まさかまさかの、カカオとの出会いだった。

「にゃにゃにゃっ！」

『どうです立派なカカオでしょう？』

と自慢するように、長毛種の庭師猫達が前足を揃え、お澄ましポーズをとっている。

「ふふ、あなた達のおかげね。このカカオの実、もう収穫できるのかしら？」

「にゃっ！」

庭師猫が軽々と、カカオの木を登って行った。

器用に爪を伸ばして、カカオの実の根元を切っている。

「ルシアン、お願い」

「わかりました」

木から離れた実を、ルシアンがキャッチした。ラグビーボール型の実の中にはチョコレートの原料になるカカオ豆が、数十個詰まっているはずだ。

中からカカオ豆をカカオパルプと一緒に取り出し、木の箱に入れ発酵させておく。

一週間ほどしたら木箱から出して、天日の下に広げ乾燥だ。

程よく水分の飛んだカカオ豆を集め、ゴミやホコリを落としていく。

ここからは綺麗になったカカオ豆を、更に加工していくわけだけど……。

「どうやってやればいいのかしら……？」

私は行き詰まってしまっていた。

カカオ豆の加工について知識はあったが、実際に全てをやったことはない。

確かカカオ豆を焙炒《ばいしょう》して砕いて、中の粒子が均一になるよう、丁寧にすり潰していくはずだ。

原理や大まかな工程はわかるけれど……。

具体的にどうすればいいのか、わからない箇所がいくつもあった。前世の日本では、工場で行われていた工程だ。魔術が使える私でも、独力で全て行うのは難しいかもしれない。

カカオ豆を前に思い悩んでいると、長毛種の庭師猫達がやってきた。

「にゃにゃっ！」

「どうしたの？　まさかあなた達はこの状態のカカオ豆でも、美味しく食べることができるの？」

私の問いかけに、庭師猫達が首を横に振っている。

二本足で立ち上がると、カカオ豆の入った鍋を覗き込んだ。

「味見でもするつも――えっ⁉」

庭師猫の肉球が光っていた。

カカオ豆に向かって、魔力を使っているようだ。

どろりとカカオ豆が溶けていき、香ばしい匂いが漂い始める。

「この香りは……！」

前世で幾度も嗅いだチョコレートの香りだ。カカオ豆の原型は既になく、艶を帯びとろりとした液体になっている。小さじですくい舐めると芳醇《ほうじゅん》な苦みの、ビターチョコのような味がした。

「すごい……！　庭師猫って、こんなこともできるのね‼」

庭師猫の魔力が作用するのは、植物が地面に根付いている間だけ。

てっきりそう思っていたが、収穫後のカカオ豆にも魔力を使うことができるようだ。

どんな風に魔力が作用しているのか気になるが、詳しい原理は、庭師猫自身にもわからないらしい。こうすればカカオ豆が美味しくなると、魔力の使い方が本能に刻み込まれているようだ。

「あなた達は庭師猫の中でも、少し変わった子なのね……」

身振り手振りで、長毛種の庭師猫達から情報を聞き出していく。

収穫後の植物に魔力を使うことができるのは、長毛種の庭師猫達だけのようだ。庭師猫の中の特殊個体、あるいは正確には庭師猫と種族が異なる、近縁の別種なのかもしれない。

「庭師猫、奥が深いわね……」

感心していると庭師猫がスプーンで、鍋の中のチョコレートをすくい食べていた。

私には苦みが強いけど、彼らにとってはごちそうなようだ。

「ビターチョコレートなら、あと少し手を加えれば……！」

甘く美味しい、懐かしのチョコ菓子を求めて。

私はジルバートさん達と一緒に、試行錯誤を重ねていったのだった。

◇　◇　◇

「――そうして完成したのが、このミルクチョコレートよ」

自信作のミルクチョコを、私は食堂のテーブルでお披露目していた。

型に流し入れて作るタイプの、一口大のチョコレートだ。

丸いものや星を象ったもの、ナッツをトッピングしたもの。猫の顔の形や、肉球型のチョコレートも並べられていて、食堂に甘い香りが漂っていた。

「これがちょこれーと、ですか……」

キースがしげしげと、テーブルの上のチョコレートを眺めている。

獣人で体力のあるキースには、騎士の仕事に余裕がある時、カカオの収穫を手伝ってもらっていた。そのお礼に、チョコを振る舞うことになったのだ。

「匂いは惹かれますが……こんな石みたいな見た目で、本当に食べられるんですか？」

「口にすれば、柔らかく溶けていくわ」

一つチョコレートをつまみ食べてみせる。

口の中いっぱいにチョコレートの香りが広がり、体温で表面がとろけることで、ミルクの甘さが舌を楽しませていく。

味と香りにうっとりしていると、つられるようにキースがチョコに手を伸ばした。

「……これはっ！」

キースが目をみはっている。

尻尾が一直線に立ち上がり、ついで猛烈に左右に振られ始めた。

「うまいっ！　いえ、すごく美味しいですっ‼　信じられないくらい甘くて滑らかで、口の中全部美味しくなっちゃいますよ‼」

興奮した様子で、キースがまくしたてている。

はちきれんばかりに尻尾を振って、感動が抑えきれないようだ。

「ふふ、良かったわ。まだあるから、どうぞ食べていってね」

「こんな美味しいものをいいんですかっ⁉　本当に俺が食べてしまって――」

「失礼する」

キースの言葉の途中で、食堂の扉が開いた。

「リディウスっ⁉」

キースが目を白黒させている。

かつて誘拐事件の犯人扱いして罵った相手の登場に、気まずくなっているようだ。

「なんでリディウスがここにいるんだ……？」

「紋章具の調整が終わったから、持ってきたところだ」

「紋章具……？」

リディウスさんは両手で、三弾重ねの噴水のような形の紋章具を持っている。

「なんだその変な形は？」

「チョコレートファウンテンという、チョコレートフォンデュをするための紋章具よ」

リディウスさんとの魔術議論の際、ふとしたきっかけで、前世にあったチョコレートフォンデュの話をしたところ。リディウスさんが食いつき、私から聞いた断片的な情報を元に、チョコレートフォンデュのための紋章具を作り出したのだ。

魔石で動く冷蔵庫もどきやかき氷機の製作といい、すさまじい技術と才能だった。

「この紋章具を動かすと……」

「⁉　チョコの噴水っ⁉」

キースが盛大に驚き面白かった。

「上から流れてくるチョコに、具材を差し入れていくの」

やって見せた方が早いので、フォークを手に実践してみる。

できる従者のルシアンが、フォンデュ用の果物を用意してくれていた。

「こうすると果物に、チョコの衣をかけることができるのよ」

「おぉぉっ……‼」

オレンジの表面が、チョコでコーティングされていく。

さっぱり爽やかなオレンジに、チョコの甘さがよく合っていた。

「美味しいわ。キースもやってみる？」

「はい！　やりたいで……」

キースが固まっていた。

リディウスさんのことが気になるようだ。

「……俺がやっていいのか？」

「なぜ僕に聞く？」

「っ……。その紋章具を作ったおまえを俺は以前、一方的に犯人扱いしていたんだぞ？」

「？　それがどうした？」

リディウスさんが淡々と言葉を紡いだ。

「使い手が誰であろうと、魔石さえあれば作動するのが紋章具の特徴で長所だ。君がこの紋章具を使いたいなら、自由に使えばいいさ」

「……そうかよ」

あっさりとリディウスさんに許可を出され、キースが戸惑っている。

じっとリディウスさんを見ると、小さく口を開いた。

「おまえがそう言うなら、俺も使わせてもらおう。……あの時は犯人扱いして悪かったな」

ぽつりと謝罪をし、フォンデュ用の具材をフォークに突き刺している。

今まで積み重ねた確執が、完全に無くなったわけではないようだけど……。

二人とも互いに、歩み寄る意思はあるようだった。

◇◇◇

チョコフォンデュを堪能したキースを送り出し、リディウスさんも魔術局へ帰っていった後。

食堂に次々と、庭師猫達が集まって来ていた。

「ににゃっ‼」

「にゃにゃっ‼」

庭師猫達が、フォンデュ用の紋章具を囲み輪になっている。

ここのところ庭師猫達の間では、チョコフォンデュがちょっとした流行になっていた。

甘いチョコの魅力に、メロメロになっているのだ。庭師猫達は自分で育てた果物や野菜を刺したフォークを、うきうきと肉球で握りしめている。

微笑ましい光景ではあるのだけど……。

「キャベツのチョコフォンデュはどうなのかしら……？」

オレンジやベリーといった定番だけではなく様々な具材を、庭師猫達はフォンデュに突っ込んでいる。

私も試しに一度、キャベツをフォンデュしてみたことがあったけど……。

味についてはノーコメントだ。

当の庭師猫は美味しそうに食べていたので、そこらへんは人間である私と、味覚の違いがあるのかもしれない。

「……あら、フォンデュ隊の中に、いっちゃんが見当たらないわね？」

苺畑の見回りに行っているのだろうか？

フォンデュに参加しそびれると後で不貞腐《ふてくさ》れるので、呼びに行くことにする。

ルシアンを連れ、離宮を出たところで。

「おや、王妃様じゃないか」

色気を振りまく吟遊詩人、レナードさんに呼び止められた。

あの日王都で出会って以来、レナードさんは時折ふらりと、この離宮にやってきていた。

「レナードさん、ごきげんよう。今日はどうされたんですか？」

「王城の中で用事があったから、美しい君の顔を見に来たんだよ」

つまり、王城に来たついでのようだった。

レナードさんはリュートを手に、離宮の方を見つめた。

「この甘い匂い、初めて嗅ぐものだな。何か料理しているのかい？」

「チョコレートというお菓子を作っていたんです。良かったら食べてみますか？」

「俺が貰ってしまっていいのかい？」

「レナードさんは吟遊詩人として旅をし、各地の料理を食べているんでしょう？　このチョコレートの味について、レナードさんの感想を聞かせて欲しいんです」

「なるほど。ありがたくいただかせてもらおう」

チョコレートの入った包みを開き、レナードさんがチョコレートを口へと運んだ。

「……これはこれは」

緑の瞳が、驚いたように開かれている。

「芳醇な香りが口の中で歌いだす、刺激に満ちた新鮮な味わいだ。貴族様の宴に何度も招かれたことがあるが、こんな美味い料理を口にしたのは初めてだな」

長い指でチョコレートをつかみ、レナードさんがしげしげと見ている。かなり気に入ってくれたようだ。

「ふふ、お口にあったようで良かったです」

「流行りの菓子については詳しいつもりだったけど、まさかこんな素晴らしい菓子があったなんてな。君の夫である国王陛下様も、口にしてさぞ驚いたんじゃないかい？」

「……陛下はチョコレートを食べられたことはありませんわ。ここのところ、お忙しいようですから」

苦笑を浮かべ答えた。

陛下がお忙しい身の上なのは本当だけど……。

ぐー様の秘密を知って以来、避けられているような気もする。じっくりと二人で会話する機会がなかったし、銀狼の姿での訪問もここのところご無沙汰だった。

私も色々と気まずいので、ある意味助かってはいるのだけど……。

やはり少しだけ、寂しい思いがあった。

「おやおや、陛下も口にしていない菓子を、俺は楽しんでしまっていたのかい？　不敬罪になってしまうかもしれないな」

「……陛下はそんなことしませんわ」

「どうだろうな？　俺が万が一にも罰をくらわないよう、陛下にも早々、チョコレートを食べてもらいたいところだな」

おどけたように肩をすくめ、レナードさんは去っていったのだった。

◇　◇　◇

「陛下にチョコを、か……」

いっちゃんを苺畑に呼びに行った後。

自室へ戻った私は、チョコレートを前に呟いていた。

「うぬぼれじゃないなら……」

陛下は私の献上した料理の数々を、気に入ってくれていたはずだ。甘いものがお嫌いではないようだし、チョコレートも美味しく食べてもらえるかもしれない。

「……チョコを送り届けてみましょうか」

今の陛下にこちらから、面会を申し込むのは気が引けた。直接会うのではなく、チョコと一緒にお手紙を出すことにする。

——チョコを送るので、できたら次にお会いした時に、味の感想が欲しいということ。

受け取る陛下の負担にならないよう簡潔に、文章をしたためていく。

手紙の封筒の色と合わせ、チョコ入りの箱を化粧紙とリボンで飾り付けていった。

「……チョコに手紙を添えて送るなんて、前世のバレンタインみたいね」

甘くほろ苦い。

ビターチョコのような思いが、私の胸をかすめたのだった。

◇◇◇

「陛下、レティーシア様から手紙と、新作のお菓子が届いていますよ」

「レティーシアから？」

羽根ペンを持つ手を止め、グレンリードは顔を上げた。

グレンリードの前、執務机の上には、書類が山となって重ねられている。

国内の様々な問題への対処に、間もなくやってくる異国の要人を迎え入れるための対応。

いくつかの重要案件が重なり、グレンリードはとても忙しかったが……。

(この忙しさも、逆にありがたいかもしれない)

ぐー様の秘密がバレて以来、レティーシアとの距離を掴み損ねているのだ。

公務に忙殺されている方が、思い悩む暇もなく楽かもしれなかった。

「……」

グレンリードは書類を脇にやるとレティーシアからの手紙を読み、チョコの箱を開いた。

ふわりと匂い立つのは今まで嗅いだことのない匂いと、

「苺……」

甘酸っぱい香りに、レティーシアの金の髪を思い出した。

初めてのチョコを、グレンリードが美味しく食べられるように、と。

かつてグレンリードが美味しいと告げた苺に、チョコを塗って固めた菓子にしてくれたようだ。

「レティーシア……」

苺の香りが面影を思い出を、レティーシアへの思いを鮮やかにしていく。

「会いたいな」

——次に顔を合わせた時、どうレティーシアとの関係が変化するかわからないけれど。

それでも彼女に会いたいと、グレンリードはそう願ったのだった。

あとがき

このたびは、「転生先で捨てられたので、もふもふ達とお料理します」三巻をお手に取っていただき、どうもありがとうございます！

あとがきでまたお会いできるのも、一巻二巻と応援していただいた皆様のおかげです。

婚約破棄から始まり国を出て、多くの相手と縁を結んできたレティーシアの物語を、こうして書籍という形で続けることができありがたいです。

狼、庭師猫、グリフォンと来て三巻では、新たなもふもふ、くるみ鳥のぴよちゃんが離宮に加わることになりました。いっちゃ達ともども、かわいく思っていただけたらいいなぁと思っております。

そんなぴよちゃんですが、イラストの羽毛がほわほわと可愛らしいです。

凪かすみ先生には一巻二巻に引き続き、素晴らしいイラストを描いていただきました。

リディウスの魔術バカらしさがあふれる顔つきや、目元に色気のあるレナードなど、三巻で新たに登場するキャラたちも、素敵にデザインしていただいています。

リディウスとレナードがいる口絵の一枚目は、書き下ろし番外編その2をイメージしたイラストになっています。口絵二枚目のグレンリードもですが、毎回とてもかっこよく描いてもらえ感動しますね。

ちなみに表紙にいるいっちゃんですが、本編三章での描写を拾っていただき、薔薇園を訪れた際にリボンでおめかしをした姿で描いてもらっています。うまうまーといった顔でマカロンを頬張る姿を、ぜひご覧になってください。

三巻も凪かすみ先生を初め、たくさんの方々のおかげで、こうして皆様の元へお届けすることができました。

本当にありがたいことです。

三巻ではついに、ぐー様の正体がバレることになりました。

レティーシアはどうグレンリードと関わり、もふもふ達と暮らしていくのか。

これからもお付き合いいただけたら嬉しいです。

ノベルス

転生先《てんせいさき》で捨《す》てられたので、もふもふ達《たち》とお料理《りよう》理《り》します～お飾《かざ》り王《おう》妃《ひ》はマイペースに最強《さいきよう》です～③

2020年11月17日　第1刷発行

著　者　桜《さくら》井《い》悠《ゆう》

発行者　島野浩二

発行所　株式会社双葉社
〒162-8540　東京都新宿区東五軒町3番28号
［電話］03-5261-4818（営業）　03-5261-4851（編集）
http://www.futabasha.co.jp/（双葉社の書籍・コミック・ムックが買えます）

印刷・製本所　三晃印刷株式会社

［電話］03-5261-4822（製作部）
ISBN 978-4-575-24345-1 C0093　©Yu Sakurai 2019